SIERRA I FABRA, Jordi
En busca de las voces perdidas, Jordi Sierra i Fabra ;
ilustraciones Albert Alforcea
—3ª ed. —Madrid : Oxford, 2012
200 p. ; 20 cm.— (El árbol de la lectura. Serie juvenil ; 29)
ISBN: 978-84-673-5567-3
1. Fantasía 2. Cuentos 3. Leyendas 4. Folclore I. Alforcea, Albert, il.
087.5 : 821.134.2-3

En busca de las voces perdidas

OXFORD
UNIVERSITY PRESS

Oxford University Press es un departamento de la Universidad de Oxford.
Como parte integrante de esta institución, promueve el objetivo
de excelencia en la investigación y la educación a través de
sus publicaciones en todo el mundo.

Publicado en España por Oxford University Press España S. A.
Parque Empresarial San Fernando, Edificio Atenas
28830 San Fernando de Henares (Madrid)

Primera edición: julio 2010
Tercera edición: octubre 2012

ISBN: 978-84-673-5567-3
Depósito legal: M-38034-2011
Impreso en España por Orymu, S. A.

Diseño: Gerardo Domínguez

Jordi Sierra i Fabra

Ilustraciones
Albert Alforcea

En busca de las voces perdidas

EL ÁRBOL
DE LA LECTURA

CAPÍTULO 1
De cómo en el viejo reino de Anihabarad se perdió el don de la palabra

En el viejo reino de Anihabarad, la gente había olvidado hablar.

Era un reino ignorado, perdido, como colgado del cielo en el gran valle de la cordillera de Naom, entre altas montañas milenarias cuyos pasos conocían solo los pocos que se atrevían a caminar por ellos, y tan lejos, tan lejos de cualquier otro presunto lugar habitado del mundo que el contacto se había hecho imposible para sus gentes, por la distancia y por razón de su propio aislamiento.

El motivo de que allí nadie hablara, de que reinara el mayor de los silencios, se perdía en el pasado. Muchos, muchísimos años antes, un rey llamado Calib vivía feliz en el lugar, gozando de todos los dones y las satisfacciones que mortal alguno pudiera desear. El rey Calib tenía una esposa maravillosa a la que amaba con devoción y por la que era amado en la misma medida, siete hijos y siete hijas hermosos, y también un hermano, una hermana, sobrinos y sobrinas, con los que compartía los placeres de la vida sin apartarse por ello de sus más puras exigencias espirituales. Las propias alegría y serenidad del rey alcanzaban a sus súbditos, cuya existencia, sencilla pero intensa, de acuerdo con el equilibrio natural y las fuerzas del Universo, transcurría envuelta en el sosiego. El viejo reino de Anihabarad, su soberano y sus gentes disfrutaban pues de aquello que es más preciado en toda naturaleza humana: paz, salud y riqueza anímica.

Pero quiso el destino que todo ello se torciera.

Un día, en el que toda la familia real visitaba las legendarias cuevas de Adjan, sobrevino la tragedia.

Las cuevas de Adjan eran unas enormes grutas llenas de estalactitas y estalagmitas, lagos interiores de aguas puras, minerales fluorescentes y pinturas ancestrales realizadas en las paredes por los antiguos moradores del reino. Una vez al año, toda la familia real acudía a las cuevas, precisamente para honrar a esos primeros pobladores de las montañas, origen de su linaje.

Aquel día, cuando todos estaban dentro menos el rey, que atendía un inesperado asunto de Estado en la entrada de las cuevas, sobrevino un terremoto fulminante y la familia real quedó sepultada en sus entrañas. Nada pudo hacerse, ni siquiera rescatar los cuerpos, pues la montaña entera se había desplomado sobre ellos creando el más insólito mausoleo natural de la historia.

El rey Calib no pudo soportar aquel dolor y al día siguiente ordenó cien años de luto, cien años de recogimiento y meditación, cien años de absoluto silencio en el viejo reino.

Cien años.

Cuando aquel extraordinario período de tiempo hubo transcurrido, las gentes del viejo reino no solo habían olvidado hablar, sino que ni siquiera sabían el motivo de que no lo hicieran, el porqué, el cuándo o el cómo. Para los más viejos, la historia del rey Calib ya era una leyenda. Para los más jóvenes, su única realidad era la de su presente:

hablaban por signos, con las manos y con expresiones faciales. No habían conocido nada distinto, por lo tanto, no lo echaban de menos. Nadie añora aquello que desconoce. Los habitantes del viejo reino volvían a ser felices, tenían paz, satisfacciones espirituales, reían, amaban, vivían...

Pero con la dolorosa y singular decisión del rey Calib, a través del paso de los años, no tan solo habían perdido la facultad de hablar, sino también la de escribir o leer. Los letreros, los rótulos o las indicaciones del reino, al ser inútiles, fueron desapareciendo poco a poco. Y después lo hicieron los libros. En las escuelas ya no había nada que enseñar. Día a día, luna a luna, los habitantes de Anihabarad comenzaron a adaptarse a una nueva realidad con la que, finalmente, se sintieron cómodos.

Y así, la vida continuó.

El viejo reino era el lugar más silencioso del mundo.

En este momento empieza nuestra historia.

La historia de cómo recuperaron aquellas gentes el don de la palabra y algo más: el de la escritura y la lectura.

CAPÍTULO 2
De cómo, cien años después, un rey descubrió los sonidos de la vida

Un día, el rey que gobernaba por entonces los destinos del reino subió a la montaña más alta del mismo. Desde ella, extendiendo la mano, casi podía tocarse el cielo. Una vez en la cima, el rey contempló el horizonte e intentó imaginarse el mundo abierto más allá de la cordillera que los aprisionaba. Un mundo desconocido e inexplorado, prohibido por las leyendas del pasado. Las nieblas y las nubes cerradas envolvían casi siempre la cordillera, así que eran su defensa, su salvaguarda, su escudo protector y su frontera. Pero el rey, siempre curioso e inquieto, se hizo de pronto la gran pregunta en su silenciosa mente: ¿qué habría allí, en los cuatro puntos cardinales del horizonte?

Al regresar a palacio, el monarca meditó mucho acerca de la cuestión.

¿Valdría la pena ser osado? ¿Merecería su curiosidad arriesgar la paz del reino? ¿Y si al otro lado había gentes belicosas, con afanes de conquista, dispuestos a la maldad en lugar de al bien como ellos?

Aquella noche, el rey salió al balcón más alto de su palacio y miró las estrellas, el firmamento, y la luna, su amada reina de la noche, plateada y luminosa. Su corazón sintió el picotazo indeleble de la inquietud. Mejor que nadie, pues era el rey, sabía que el ser humano es curioso por naturaleza, y que pobre de él cuando una pregunta nace en su ser; se convierte en un cáncer si no la responde, o no busca al menos la forma de hacerlo. El ser humano está hecho para aprender constantemente, para crecer, para abrir puertas aun sabiendo que, al otro lado, puede existir el peligro. El ser humano está hecho de anhelos, sueños, quimeras...

Desde su balcón, el rey vivió aquella noche una de las experiencias más intensas de su vida.

A lo lejos oyó aullar a un perro.

A lo lejos oyó maullar a un gato.

A lo lejos oyó silbar el viento.

A lo lejos oyó retumbar las nubes del cielo.

A lo lejos oyó descargar un rayo.

Sonidos.

Sonidos bellos, fuertes, armoniosos, dulces; y también sonidos caóticos, estremecedores, ásperos.

El rey vio amanecer despacio, mientras se envolvía en una sonrisa de ternura. Atrapado en su desazón, y con el estallido de la vida ante la llegada del alba, tomó la gran decisión que iba a cambiar los destinos del viejo reino, conocido con el nombre de Anihabarad.

Aquella mañana oyó el grito de la existencia.

Y quiso buscar su música.

CAPÍTULO 3
La gran expedición de los hijos y las hijas del rey

El rey mandó llamar a sus hijos e hijas. En la Gran Sala del Trono los hizo partícipes de sus inquietudes. Se llevó las manos al pecho y mostró así su desazón. Se las llevó a la frente y les hizo ver cuán preocupado estaba. Se las puso sobre el corazón y la pasión de su ansiedad se desbordó. Después, abrió los ventanales de los cuatro lados de la Gran Sala a los cuatro vientos, y les señaló el mundo. Entonces, por signos, como siempre se habían comunicado, les dijo lo que quería.

Que partiesen más allá de los límites del reino para que cada uno de ellos regresara con el sonido más hermoso que pudiera descubrir.

Los hijos y las hijas sabían que los deseos de su padre eran órdenes para ellos, y más aún que la voluntad del hombre que les había dado el supremo don de la existencia, la ley era lo más importante. Pero por encima de todo le querían mucho, muchísimo, y nunca tolerarían su tristeza. Así que estuvieron dispuestos a satisfacer su voluntad, aunque, ante todo, estuvieran dispuestos a devolverle con aquello todo el amor que les había otorgado. Si en el mundo existían sonidos, ellos los encontrarían y se los regalarían.

La expedición de los hijos del rey se fijó para la primavera de aquel año, justo en la época en la que los hielos de las montañas desaparecían y los caminos, los altos pasos entre las cumbres, se habilitaban para ser transitados. Los hijos y las hijas del rey se hallaban en un estado de máxima excitación, por la aventura, por el compromiso y porque sería la primera vez que saldrían de su reino. Eran jóvenes, así que ansiaban ver el mundo, enfrentarse a lo desconocido, vivir aventuras, conocer otras gentes y otras culturas allá donde sus pasos los llevasen. Y desde luego eran jóvenes porque, por un curioso azar, salvo en dos casos, el primero y el último, todos habían nacido de dos en dos o de tres en tres, incluso había unos cuatrillizos y unos quintillizos. Su madre, la reina, estaba muy orgullosa de su cuantiosa y especial prole.

En primavera, todo estaba dispuesto para la excepcional partida. Cada hijo y cada hija tenían su propio séquito a punto, aunque en ningún caso era muy numeroso. Todos acordaron que pasado un año, en la siguiente primavera, se reunirían al otro lado de las montañas para iniciar el regreso. Ni siquiera uno de ellos desconfiaba de sus fuerzas o de su suerte. Todos soñaban con cumplir aquella misión y regresar con el más hermoso de los sonidos. Y si se habían impuesto un límite, aquel año de tiempo, para volver todos juntos, era también por un hermoso motivo: el cumpleaños número 50 de su padre.

Ninguno quería faltar a los fastos de tan singular acontecimiento.

Una mañana, la primera mañana en la que el sol alumbró las cumbres de la cordillera, las comitivas partieron de la capital del reino y, desde palacio, el rey y la reina despidieron a sus hijos e hijas con el orgullo de los padres que ven partir a los suyos tras la niñez y la juventud. Ya eran adultos, ahora su miedo era otro: el de los padres que temen por la suerte de su prole cuando esta ha de enfrentarse en solitario al mundo exterior.

Tras esto, en un palacio silencioso, dominando una ciudad aún más quieta, ya que todos amaban y añoraban a los hijos y las hijas del rey, comenzó la cuenta atrás, la larga espera de aquel año que parecería no avanzar, no moverse, no quemar días ni soles, noches ni lunas. Pero que, inevitablemente, sí fue progresando, despacio, poco a poco.

La primavera dio paso a un cálido verano, y el verano, a un melancólico otoño, y el otoño, a un crudo y glacial invierno, y éste, manteniendo el inalterable ciclo de la vida, desembocó al fin en un atisbo de primavera que estalló con rotundidad el día del primer gran sol.

Entonces, los hijos y las hijas del rey regresaron.

CAPÍTULO 4
De cómo, al regresar los hijos y las hijas del rey, el don de la palabra volvió al viejo reino

Toda la ciudad se agolpó en las calles para recibir a los príncipes y las princesas. Toda la ciudad se engalanó y se preparó para la bienvenida, y más para escuchar aquello que hubiesen encontrado en su periplo mundano. Toda la ciudad manifestó su alegría agitando brazos y dedicándoles sonrisas.

En silencio.

Pero jamás hubo algarabía mayor.

Sus corazones estallaban mucho más que si sus gargantas gritaran.

Cada príncipe y cada princesa entró por la avenida que conducía a palacio presidiendo su propia comitiva. Se habían reunido con anterioridad en el camino, así que ellos ya conocían los éxitos o los fracasos de los demás. Y, por las francas sonrisas de todos, se adivinaba que cada cual había cumplido con creces su cometido, y que el objeto de aquella expedición singular estaba cubierto.

El rey aguardaba impaciente a sus vástagos. La reina quería abrazarlos y besarlos, ver con sus propios ojos lo que el tiempo, la distancia, la soledad y el mundo habían hecho con ellos. Y los dos querían, por encima de todo, sentirlos con su alma, tocarlos con su aliento, amarlos con sus sentidos.

Fue un reencuentro muy especial. La Gran Sala del Trono se encontraba a rebosar. Además de los miembros de la corte, allí estaban las esposas de los príncipes casados y los maridos de las princesas casadas, y, en algunos casos, hasta sus primeros hijos e hijas. Hubo muchos abrazos y muchos besos, no pocas lágrimas y más y más alegría desbordándose a flor de piel. Así hasta que, pasadas las primeras emociones, llegó el gran momento.

El día más decisivo de la historia del reino.

El rey ocupó su trono. La reina, el suyo, a su derecha. El hijo mayor de la pareja real avanzó entonces hasta situarse frente a ambos y, con una amplia sonrisa en el rostro, se aprestó a hacer partícipes a los presentes de su hallazgo, el sonido más hermoso que había encontrado en su viaje al mundo exterior.

El príncipe abrió la boca y... de su garganta fluyó un extraño, inquietante y bello sonido.

El primero que emitía un humano en el viejo reino desde hacía...

—A.

Los reyes, los presentes, todos se quedaron boquiabiertos, con el corazón detenido entre dos latidos y los sentidos colapsados ante tanta hermosura sonora. ¿Qué era aquella cadencia? ¿De dónde salía tamaña viveza? ¿Qué prodigio se confabulaba en su proceso para que un ser humano pudiera pronunciar aquello con tan solo proponérselo? ¡Ah, sin duda aquél era un extraordinario ruido! ¿Ruido? No, no podía ser un ruido. Aquel era el sonido más intenso, rítmico, flexible, grácil y fantástico que jamás habían oído.

Todavía no se habían repuesto de la emoción cuando la primera de las princesas, que poseía un hermoso y llamativo cabello rojo, tomó el relevo de su hermano y, moviendo también la boca y los labios de una determinada forma, pronunció:

—U.

Si, con el primer sonido, las primeras lágrimas habían aflorado a los ojos de los presentes, con el segundo, algunas empezaron a caer.

En los del rey flotaba una dulce neblina húmeda mientras su garganta apenas podía tragar el nudo que crecía en su interior.

La princesa de los ojos verdes y la piel blanca fue la tercera en situarse delante del trono de su padre para llevar hasta él el tercero de aquellos mágicos sonidos.

—M.

¡Ah, sin duda todos los hijos y las hijas del rey habían estado muy, muy lejos! ¿De dónde surgían aquellas formas admirables, aquellas construcciones tan elegantes, aquel equilibrio cadencioso entre el aire que fluía por la garganta y la vibración sutil, casi mágica, que adquiría al salir de cada boca? Los labios eran besados por ellas, y no solo los labios, también los oídos de los atónitos presentes.

Muchos ni respiraban. Y la mayoría trataba de retener ya en su memoria aquel eco para repetirlo.

A, U, M…

El cuarto hijo exclamó:

—X.

La quinta, la princesa de pecas, susurró:

—I.

El sexto, el príncipe rubio, cantó rotundo:

—K.

La séptima, la princesa de labios rosados, entonó:

—S.

Y después, uno tras otro, una tras otra emitieron su sonido.

La Gran Sala del Trono se llenó de voces.

Suspiros.

Los más osados de los presentes ya repetían algunos de los nuevos sonidos, entre el miedo y la vergüenza, la sorpresa y el asombro.

—E.

—P.

—J.

—L.

Cuando el último de los príncipes hubo pronunciado su regalo, el sonido más hermoso descubierto en su viaje, la Gran Sala del Trono fue un hervidero de voces. Se miraban unos a otros e intercambiaban cualquiera de aquellos sonidos, a veces con esfuerzo, a veces sin él, pero siempre presas de una emoción indescriptible. Sus gargantas rompían el silencio de tantos años de ostracismo. Sus mentes se agilizaban buscando, en lo más profundo de sí mismos, un eco perdido, un recuerdo, el regalo del habla.

—¿D? —preguntaba un hombre.

—¡Z! —afirmaba una mujer.

—O —pronunciaba, rotunda, otra.

Y reían, y eran felices, y sus ojos cantaban, al igual que sus corazones.

Así llegaron al reino aquellos sonidos y aquellas voces, formas singulares de la comunicación, regalos y renaceres.

Era el nuevo comienzo.

Y ya no se detuvo.

CAPÍTULO 5
De cómo los habitantes del reino aprendieron a trenzar palabras

Durante los días siguientes de aquella primavera gozosa, el gran juego en el palacio real y, después, en el reino, fue pronunciar aquellos sonidos de muy distintas maneras, intercambiándolos en diversos tonos. Incluso hubo quien se puso a declamarlos, unas veces en forma trágica y otras veces en forma cómica. Tanto en la Gran Sala del Trono, lugar público y mundano del palacio, como en las plazas y las calles de Anihabarad podían oírse voces recitando, en este u otros órdenes:

—C, O, A… ¡R, I, K, Ñ!… N, U, D… B… ¡S! P… ¡O, W, Y!… ¡V, G, X…! ¡Q, E!… J, M, Z, T… ¡L, F… LL!

El gran juego del reino no fue una moda pasajera.

Una noche, en la Gran Sala del Trono, un avispado bufón famoso por la locura de su ingenio y el acierto de sus bromas, siempre muy teatrales, pues no podía expresarse de otra forma que la corporal, dio el segundo gran paso en aquella lenta recuperación de la voz y la palabra. Tocado por su chispa, puso en el centro de la sala a tres de los hijos del rey: la princesa que había pronunciado el sonido P, el príncipe que trajo el sonido A y la princesa que aportó el sonido Z. Los colocó juntos, de izquierda a derecha. Y entonces unió sus tres sonidos así:

—P-A-Z.

Todos los presentes abrieron los ojos y la boca.

—PAZ —repitió el rey.

—¿PAZ? —Le sonó a canto dulce a la reina.

—¡PAZ! —gritaron todos los presentes.

No sabían qué quería decir aquella forma sonora, la primera nueva palabra del reino, pero ya tendrían tiempo de buscarle significado.

Rápidamente miraron a los príncipes y las princesas, buscando nuevas combinaciones armónicas, nuevos sonidos que disfrutar, nuevos arrullos transgresores que los catapultaran a placeres olvidados en la noche de los tiempos.

El propio bufón retuvo al príncipe de la A y luego fue a por la princesa que había pronunciado el sonido M, el príncipe que trajo el sonido O y la princesa que ofreció el R. Juntos en el centro, los ordenó y exclamó:

—A-M-O-R.

—AMOR —repitió el rey.

—¿AMOR? —Le sonó a canto aún más dulce a la reina.

—¡AMOR! —gritaron de nuevo todos los presentes.

Y todas las puertas de la imaginación se abrieron para ellos.

A lo largo de aquella noche singular, en la Gran Sala del Trono se construyeron y trenzaron muchos, muchísimos nuevos sonidos. Y era como si cada uno, después de forjado en el pentagrama armónico del aire y la imaginación, cobrara vida propia y tuviera un significado inmediato. La joven princesa de los ojos de almendra, que estaba enamorada del noble de la nariz prominente, lo miró fijamente a los ojos y le dijo aquella nueva palabra: AMOR. Y los hermanos gemelos, hijos del panadero real, que siempre estaban enfadados el uno con el otro, se abrazaron y dijeron: PAZ. Y cuando nació la palabra NOCHE todos miraron sin saber por qué al otro lado de los ventanales, hacia el cielo estrellado. Y cuando dijeron SOL todos vieron nacer en sus mentes la cálida forma del astro rey. Y poco a poco, al pronunciar FUTURO, MÚSICA, TERNURA, ESPERANZA, DÍA…, fue como si el eco del pasado volviera a ellos.

¡Todas aquellas palabras habían estado ocultas en su interior, encerradas sin ver la luz, heredadas de sus ancestros, quizá mantenidas a través de sus genes! De alguna forma, sus corazones y sus mentes volvían atrás, guiados por su instinto.

¡Había tantas y tantas palabras que hilvanar y trenzar, recordar y devolver a la vida!

Pasaron la noche en vela, tal era su sed de crear y recuperar, de escuchar y forjar, estremecidos ante el milagro, comprendiendo que todo aquello había estado en su interior durante los últimos cien años y que ahora, felizmente, lo devolvían a su presente. Vivieron la noche más intensa envueltos en miles de sueños antes desconocidos. Bastaba con que uno sintiera en su corazón y en su mente un sonido para que pudiera recordarlo y proclamarlo a los cuatro vientos. Se esforzaban en imaginarlos, y más aún en tratar de reconocer al momento aquello con lo que se pudiera identificar. Por eso, al salir el sol, todos los presentes en la Gran Sala del Trono se desparramaron por la ciudad con sus nuevas voces, poblando el aire de tantos y tantos nuevos sonidos, como exploradores de lo oculto, como buscadores de formas, como niños dispuestos a crecer en su sabiduría.

Aquel día, el reino conoció la lluvia de estrellas, el manto cálido del conocimiento, el bálsamo del ingenio puesto al servicio de la más hermosa de las razones.

Una pequeña bola de nieve en lo alto de una montaña llega al llano convertida en un imponente alud.

Lo mismo ocurrió con ellos y sus sonidos mágicos.

CAPÍTULO 6
De cómo el rey quiso inventar la escritura

Cinco años después del regreso de los hijos del monarca, en el viejo reino todos hablaban, todos habían recuperado el don de la comunicación oral, todos se expresaban como si siempre lo hubieran hecho.

Después de la noche del nacimiento de las palabras, llegaron los días en que estas se hilvanaron, los días en los que su suma produjo el efecto aún más impactante de la conjunción, y, ciertamente, cada uno de esos días fue mejor que el anterior, más y más rico y creativo, más y más intenso, más y más alucinante. Los habitantes del viejo reino descubrían que sus mentes estaban vivas, tanto o más de lo que siempre lo habían estado sus corazones. Aquello que antes habían expresado mediante signos ahora lo decían de viva voz, y el efecto era mucho, muchísimo más hermoso. Primero fueron frases breves, después frases más largas, finalmente parrafadas enteras. Primero hubo que esforzarse mucho, después la comprensión aumentó más y más, a medida que los ecos del pasado tomaban forma en sus mentes, saliendo de la bruma silenciosa en la que habían estado ocultos; finalmente, todo fluía con asombrosa naturalidad, sin esfuerzo.

Para empezar, tenían nombres. El rey se llamaba Shafed, la reina, Jirad, Amok el hijo mayor, Zaida la princesa de pelo rojo, Jarisada la de ojos verdes y piel blanca, Ireila la de pecas, Ajishey el príncipe rubio, Beyaidín la princesa de labios rosados... A la montaña más alta la habían bautizado con el nombre de Amud, el pico de la Luna, y a la cordillera con el de Isad.

Y, casualidad o no, el reino... se llamaba Anihabarad.

Anihabarad se convirtió en un reino vivo, y sus gentes, en el grito del renacer.

Hablar era el gran pasatiempo.

Y la gente hablaba en las calles, en las plazas, en las casas. Hablaban las familias en torno a la mesa o el fuego del hogar, y los vecinos en las escaleras o en las tiendas donde se encontraban. Cada amanecer era la promesa de nuevas sonrisas. Hablaban y escuchaban, porque el placer era recíproco. Y tanto fue así que muy pronto surgieron contadores de historias, fabuladores, compañías que escenificaban breves piezas destinadas al divertimento general. Se aprendían de memoria los diálogos, claro, porque todo era oral y nada más que oral. No faltó quien también les puso música a las palabras, y en unos pocos meses, los trovadores inundaron Anihabarad.

Tiempo de esplendor.

Tiempo de luces imparables en el albor de un nuevo mundo.

Todo parecía ir bien.

Pero el rey Shafed sintió nacer en su espíritu una nueva inquietud.

Una noche, el rey volvió a subir al balcón más alto de su palacio y allí, frente a las estrellas, supo ver el origen de esa inquietud, la causa de las dudas y la zozobra que durante los últimos días se habían apoderado de su ánimo. ¿Qué le sucedía, si nunca el viejo reino había sido más feliz? ¿Qué le preocupaba, si jamás sus habitantes fueron más dichosos?

—Las palabras se pierden en el viento —dijo el soberano.

Levantó la cabeza.

Lo que acababa de decir ya no estaba allí, se había esfumado. Un soplo de aire, una agitación en sus cuerdas vocales y un rápido adiós.

Las palabras, y las voces que las pronunciaban, eran hermosas, pero efímeras.

—Deberíamos retenerlas —dijo el rey Shafed.

¿Cómo?

Y él mismo, de pronto, se dio la respuesta:

—Hallando unos dibujos capaces de representarlas.

El monarca se quedó casi sin aliento, con el corazón palpitando desbocado en su pecho. A veces todo era sencillo.

El sonido de una palabra apareció en su mente.

Como tantas otras, oculta en algún rincón olvidado.

«Escribir.»

Escribir los sonidos.

Sí, tan sencillo y, al mismo tiempo, tan... increíble.

¿Increíble?

El rey Shafed pasó la noche en vela, pensando y pensando en todo aquello. Cuando encontró la solución, asombrado, feliz, radiante, con la urgencia de su ansiedad habría convocado ya una reunión en la Gran Sala del Trono. Pero contuvo esas ansias y permaneció en aquel balcón hasta que el amanecer le trajo la luz del nuevo día y, con ella, la hora de la verdad.

CAPÍTULO 7
La elección del enviado

Todos los presentes miraron a su rey, que se puso en pie para dar un mayor énfasis a sus palabras.

—Hace cinco años, mis hijos e hijas nos trajeron el mayor de los dones que nuestro reino ha conocido en los últimos tiempos. Desde aquel día, hemos aprendido a hablar, a expresarnos, a llamar y definir cada objeto con una palabra. Aquellos sonidos, aquellas pequeñas voces son hoy la esencia de nuestra felicidad y también el paradigma de nuestra libertad. Sin embargo, dejadme deciros una cosa que sin duda os sorprenderá: no es suficiente.

Los presentes se miraron entre sí. No entendían de qué les hablaba su rey. ¿No era suficiente?

¿Qué más quería? ¿Qué más podía hacerse con los sonidos y con las palabras surgidas de ellos?

—Hemos de hallar la forma de que cuanto decimos, cuanto pensamos, cuanto somos ahora, quede reflejado en nuestra historia —continuó el rey Shafed—. Si mis hijos e hijas encontraron el regalo de esos sonidos, tal vez más allá de nuestro reino existan también los signos que los representen, los signos que sean su equivalente. Si damos con ellos, o somos capaces de crearlos en caso de que no existan, podremos plasmar nuestras voces, nuestros pensamientos, nuestra realidad, en tablas y telas, pergaminos y cortezas de árbol. Y a eso lo llamaremos «escribir».

La sencillez de aquella propuesta sorprendió a los convocados en la Gran Sala del Trono.

Volvieron a mirarse todos entre sí.

Primero, boquiabiertos; pero poco a poco, al entrar la luz de la comprensión en sus mentes, más y más excitados.

Signos.

Un signo para cada sonido.

Podrían hablar, pero también podrían recordarlo todo después. Mucho después. Para siempre.

La reina Jirad fue la que, inquieta, preguntó a su esposo:

—¿Volverás a enviar a nuestros hijos más allá de nuestras fronteras?

—No —dijo el rey—. A ellos los necesitamos entonces para que, en la dirección de los cuatro vientos, encontraran los sonidos más hermosos, pero lo que precisamos ahora es una sola persona, pues ella no solo deberá dar forma visual a esos sonidos, sino unificarlos bajo un criterio único. Así pues, hemos de enviar a quien sea capaz de crearlos.

Aquella era, sin duda, la tarea más grande y notable encomendada a un habitante de Anihabarad.

Algunos de los presentes miraron inmediatamente al arquitecto real, Helash. Quien había alzado los edificios más bellos de Anihabarad en los últimos tiempos podía muy bien ser el elegido. Otros miraron a Cortijeria, la pintora, cuyos lienzos presidían los espacios más hermosos del reino. Quien tenía la habilidad de dar vida en forma y color a la realidad, física o intangible, también tendría el poder y la destreza de llevar a cabo los trazos de aquellos signos que proponía el rey. Otros más miraron a Hamiray, el escultor. Quien era capaz de levantar estatuas y complejas elaboraciones de metal o piedra en las plazas y jardines de la ciudad hallaría asimismo, sin duda, la forma de esculpir los signos que reclamaba el monarca.

Claro que también podría serle encomendada la misión a Zelia, la primera maestra de la nueva escuela, o a Rasguyar, el mago que siempre fascinaba con sus trucos imposibles, o a Perkuy…

—¿Quién será el elegido, mi señor? —preguntó el gran chambelán de la corte, haciéndose eco del sentir popular.

—He meditado acerca de ello —habló el rey—. Muchos podrían ser los candidatos, muchos los elegidos, y seguro que su trabajo sería digno, encomiable y válido, pero en mi decisión ha primado, ante todo, el hecho de que esos signos que buscamos han de ser… sencillos, asequibles, humanos. En una palabra: populares. Necesitamos formas que den vida a los sonidos con los que hablamos.

Y esos sonidos pertenecen ya al pueblo, a todos. En consecuencia, ha de ser una persona que nos represente a todos quien vaya a buscarlos y los interprete. Alguien que tenga también alma de artista. Y esa persona será… —el rey Shafed dejó que sus palabras flotaran en el aire unos segundos—: ¡el herrero Alphabet!

CAPÍTULO 8
De cómo el herrero Alphabet partió al encuentro de los signos

Cuando el herrero Alphabet fue conducido a presencia del rey Shafed, todavía estaba perplejo, y, más aún, abrumado por la ingente tarea que iba a encomendarle su soberano. Era un hombre sencillo, afable, cordial, lleno de sentimientos puros y nobles pese a su aparente rudeza, pues Alphabet era alto, tosco, de fornidos brazos, abundante cabello y barba espesa, negra y cerrada como una noche sin luna. Sus ojos, limpios y transparentes, lo traicionaban sin embargo. En ellos podía verse todo aquello que encerraba su corazón, empezando por la honestidad. Y en cuanto a su trabajo... sus trabajos de forja de hierro ya eran conocidos por todos en Anihabarad. Alphabet era capaz de modelar cualquier clase de metal, convertir la dureza más firme en la maleabilidad más dúctil, extraer de una amalgama informe la más excelsa de las imágenes, y él mismo buscaba constantemente nuevas formas y aleaciones con las que trabajar, pues era curioso y disfrutaba con su oficio. Para él tan importante era la herradura de un caballo como la enrejada puerta de una casa, un simple clavo de esa herradura como una ventana tras la cual habrían de dormir personas felices. Su herrería siempre estaba llena de pedidos, y a nadie había dejado insatisfecho jamás.

—Mi señor —le dijo al rey—, no sé si sabré cumplir con lo que me pedís, pues no soy más que un simple herrero y el más humilde de vuestros súbditos.

—Es justo por ello por lo que estás aquí, Alphabet —le reveló Shafed—, por tu humildad, la sinceridad con la que lo admites y tus buenas dotes como herrero.

—Pero la labor que deseáis encomendar es digna de un gentilhombre, mi señor.

—Que yo sepa, en mi reino nadie es mejor o peor por su condición. Vivimos como iguales, y más ahora que podemos comunicarnos con las palabras. Tú eres el elegido justamente por lo que acabo de decirte: eres honrado y el mejor en tu trabajo. Tu humildad es también un don. Son condiciones indispensables para la misión que te será confiada.

—No entiendo... —vaciló el herrero.

—Alphabet —repuso el monarca—, no quiero signos maravillosos, sino prácticos, ni quiero formas imposibles de reproducir, sino caracteres que todos, desde un niño hasta un anciano, logren aprender y escribir. Necesito de ti que seas transparente, que no contamines tu mente pensando en lo que pueda gustarme a mí, sino en lo que pueda gustar a cualquiera. No es mi premio o mi regalo el que has de merecer, sino el de cualquier ser humano que se precie de serlo. Quiero que encuentres aquello que equivalga a cada sonido, aquello que mejor pueda representarlo, aquello que lo evoque. Para ello, deberás dar con las formas más armónicas, las que tu instinto y la naturaleza te regalen, aquellas que más acerquen a las personas esos sonidos únicos. —El rey suspiró lleno de vehemente ternura no exenta de pasión y agregó—: Dime, Alphabet, ¿qué es lo que más amas en este mundo?

—Es extraño que me hagáis esta pregunta, señor —sonrió el herrero—, pues lo que más amo en este mundo aún no está aquí, aún no es real, aún no ha nacido.

—¿Está esperando tu esposa un hijo? —manifestó el rey, demostrando que conocía bien no solo la naturaleza humana sino también el juego de las palabras.

—Así es, mi señor. Mi esposa, Abecedaria, está encinta. Desde que lo supe, hace unos días, soy el hombre más dichoso del mundo. Ese niño, o esa niña, ha de colmar mi felicidad hasta hacerla excelsa.

—Lamento que esta misión te aparte de su lado durante un tiempo que puede ser largo, Alphabet —se apesadumbró el rey Shafed—, pero más que nunca, por tus palabras, sé que la elección ha sido la acertada. Tú sabrás modelar los signos que deberán representar los sonidos que ya conocemos, porque hay en ti luz y conocimiento, verdad y humildad. Piensa desde ahora que lo que hagas será el regalo para ese niño o esa niña que ha de nacer. Piensa que serán una ofrenda. Parte pues, Alphabet, que el reino esperará ansioso tu regreso y, cuando se produzca, sabremos que una nueva era habrá comenzado para nosotros.

El herrero se inclinó con respeto, y aquello fue todo.

Aquel mismo día, Alphabet se despidió de su llorosa esposa, Abecedaria, besó sus ojos húmedos, sus mejillas de rosa, sus labios de miel y su vientre lleno de vida. Después, con dos zurrones como único equipaje y un odre para el agua, partió rumbo a su destino. En un zurrón llevaba virutas de hierro para fundir, el cazo en el que lo haría, una tenacilla y un martillo. En el otro no llevaba nada.

Cuando en él hubiese tantos signos como voces, y ninguna viruta de hierro en el primero, volvería a casa.

CAPÍTULO 9
De cómo el largo viaje de Alphabet le hizo plantearse la duda

Partió Alphabet a lomos de una mula real llamada Acento, la mejor de la cuadra del rey, y durante los primeros días de viaje ascendió y ascendió por las montañas, a la búsqueda del paso que lo llevara más allá de la cordillera de Isad. Fueron días duros, sin duda los peores, pues se alejaba del reino y de su casa, de su esposa y de su futuro hijo o hija, sin saber cuándo ni cómo regresaría. ¿Y si sufría un percance y nunca volvía a Anihabarad? ¿Y si, pese a los auspicios del rey, fracasaba en su misión? ¡Ah, grande era la carga que su soberano había puesto sobre sus hombros, y pesada, tanto más cuanto que desconocía qué era lo que podía haber en el mundo exterior!

Mas si los hijos y las hijas del rey lo consiguieron… ¿por qué no él?

—Vamos, Acento —animaba a la mula.

Cuando Alphabet coronó las cumbres, miró hacia atrás por última vez. Amud, el pico de la Luna, lo despidió con solemne quietud. Casi al instante, las nieblas y las nubes se cerraron sobre los valles en cuyo centro estaba Anihabarad. Luego, el herrero descendió por el otro lado del paso a lomos de su mula.

Durante los siguientes días, la soledad fue su amiga y compañera.

Era como volver atrás en el tiempo, cuando en Anihabarad no existían los sonidos.

Aunque ahora le acompañase su propia voz.

—Ah, mula, ¡tenemos tanto que ver y tendremos tanto que contar!

Acento parecía feliz. La comida y el agua no faltaban, y la tierra era verde y hermosa, y más verde y hermosa a medida que descendían las montañas, dejando atrás sus nieves perpetuas y su misterio. No faltaban los árboles llenos de frutos ni la caza. Alphabet contaba los días transcurridos.

Una semana. Un mes. Dos meses. Tiempo. Imaginaba a su esposa engordando. Imaginaba la espera del rey y de todos los que confiaban en él. Imaginaba voces que le hablaban y sonrisas que lo bendecían.

Pero, tres meses después de su partida, no había encontrado nada.

Y ni mucho menos había visto a ser humano alguno.

El zurrón de los signos permanecía vacío.

—Ah, Acento, mi amiga, qué triste es el amargo sabor de la derrota, cuando ni siquiera has tenido la oportunidad de merecer el dulce premio de la victoria.

Pensó en regresar, confesando su fracaso. Pensó en detenerse a la orilla de un río, en un paraje encantador, para modelar allí los signos que equivalieran a los sonidos traídos por los príncipes y las princesas. Pensó en su egoísmo.

Y se dijo que no podía hacerlo, por su honor, porque jamás podría mirar a los ojos del rey y mentirle, y aún menos a los de su esposa y su hijo o hija. Así que, tras las vacilaciones y las dudas, las tentaciones y la inquietud, se sintió más fuerte.

Como si hubiera superado una prueba.

Aquella noche, acampado al amparo de unas rocas, después de una feroz tromba de agua que los había hecho detenerse, Alphabet creyó ver un resplandor a lo lejos. Se subió a un árbol muy alto, y desde la copa, en una noche muy clara y diáfana tras haber barrido el viento los restos de la tempestad, divisó el origen de aquel resplandor.

Un pueblo.

Quizá una ciudad.

Vida.

Y, tal vez, la clave de todo, de una primera victoria.

Alphabet se llenó de esperanza.

CAPÍTULO 10
La historia de la R

Aquel día, Alphabet conoció a los primeros seres humanos allende las tierras de Anihabarad. No se extrañó de que fueran como él, rieran y hablaran como él, sintieran y se movieran como él. Fue uno más entre ellos y paseando por aquel hermoso pueblo lleno de casitas bajas y vida radiante perdió el último temor de no ser bien recibido. Algunos lo observaron, pero la mayoría permaneció indiferente ante su presencia. Solo un hombre, al detenerse él frente a un puesto lleno de sabrosa fruta, le dijo:

—Eres extranjero, ¿verdad?

A lo que Alphabet respondió:

—Sí, lo soy.

—Bienvenido seas —lo saludó entonces el hombre—. Este es un pueblo lleno de cordialidad. Puedes quedarte cuanto quieras y ser nuestro hermano.

El herrero se sintió complacido por tal invitación, y se dijo que entre aquellas gentes por fuerza tenía que encontrar algo que le motivase a crear la primera de las formas que perseguía. El rey Shafed le había dicho que fuese intuitivo, que no quería signos maravillosos sino prácticos, fáciles de reproducir y de aprender. Y también le había pedido que fuese transparente, que buscase lo más cotidiano, los símbolos más próximos a las personas que deberían manejarlos.

Las palabras de su rey revolotearon por la mente de Alphabet.

Levantó la cabeza y miró cuanto lo rodeaba. No encontró nada que lo moviese a forjar el primero de aquellos caracteres, pero se sintió inquieto, como si un sexto sentido lo avisara de algo. Sabía que estaba cerca. Tenía que abrir los ojos del corazón, no los del rostro. Siguió caminando.

En una plaza, encontró a un anciano tomando el sol.

Era un hombre cargado de años y de arrugas, de historia y de paz, de recuerdos y de sueños. Un hombre que sabía que era un hombre, pues muchos lo olvidan por el vértigo de sus vidas. Uno capaz de sentarse en el banco de una plaza y mirar hacia dentro para saber que lo que había fuera valía la pena. Y viceversa, pues solo entendiendo lo que nos rodea comprendemos lo que somos y nos congratulamos por cuanto hemos vivido. Es el supremo don de la armonía.

Alphabet se sentó a su lado.

El anciano, tras unos segundos de quietud compartida, volvió la cabeza hacia él y lo observó. Tal vez reconociese su ansiedad, tal vez su miedo.

—Eres un buen hombre —le dijo.

—¿Cómo lo sabes? —preguntó Alphabet.

—Te has sentado en este banco, a mi lado, y no me has hablado para no importunarme o quebrar mi silencio, pero al mismo tiempo sé que lo has hecho buscando algo, pues necesitas todas las respuestas que por tu rostro asolado de preguntas sé que persigues.

—Es cierto. —El herrero miró al suelo—. Soy una persona ignorante que recorre la Tierra buscando aquello que sea más importante para los seres humanos.

—Entonces estás buscando el alma de la vida —repuso el anciano—. Cada persona, cada hogar, cada pueblo tiene su propio valor.

—¿Qué es para ti lo esencial de cuanto nos rodea? —quiso saber el herrero.

—Esto. —El anciano señaló con el dedo índice de la mano derecha la frente de Alphabet—. El ser humano es el único de entre todos los animales que pueblan el mundo capaz de pensar, comprender y discernir las razones de la vida y de la muerte. Así pues, en nuestra cabeza reside todo. Es el infinito del revés. Podríamos pasar mil años buceando en nuestra mente sin haber visitado más que una pequeñísima porción de ella. Nosotros la llamamos «res».

«La cabeza —pensó Alphabet—. La mente», se dijo. Llevaba tres meses buscando una forma que representar en hierro y que equivaliera a cualquiera de aquellos signos, y resultaba que llevaba encima la primera respuesta.

Una cabeza.

—Gracias, anciano —correspondió a las palabras de su compañero—. Me has ayudado mucho, pues me has mostrado el sendero de la luz.

Se levantó, ansioso por apartarse de allí y dar forma a la primera idea que había tenido. El anciano le tendió una mano que él estrechó, y lo acompañó con una sonrisa de cordial amistad en la partida. Alphabet lo único que hizo fue caminar con Acento hasta encontrar un prado cercano en el que sentarse. Se sentía excitado, nervioso. Nada más colocar su trasero sobre una piedra, tomó una rama y en el polvo de la tierra hizo un dibujo muy simple. Una cabeza. Así:

Después, la esquematizó, dejando tan solo los rasgos principales, aquello que mejor definía su sentido y proporción.

Y luego aún más.

Hasta que encontró el trazo que estaba buscando.

En menos de una hora, emocionado y radiante, feliz y con el corazón henchido de orgullo, el herrero había moldeado el primero de los signos pedidos por el rey. Después de calentar un poco de hierro en el cazo y de darle forma con la tenacilla y el martillo, tenía su primer símbolo. Y también conocía ya su nombre, sin la menor duda, pues era como si una voz interior se lo hubiera estado cantando desde el primer momento.

—Tú serás R —suspiró, pronunciando aquella palabra en voz alta para bautizarla.

La guardó en su zurrón y se dispuso a seguir su búsqueda.

CAPÍTULO 11
La historia de la A y la H

Continuó Alphabet su camino, mucho más contento de lo que lo había estado en los días y las semanas anteriores, tras haber comprendido, finalmente, la clave para lograr dar forma a los signos reclamados por el rey Shafed, ya uno menos. Aquella a la que había denominado R descansaba en su zurrón a la espera de sus compañeras.

Los ojos del herrero recorrían ahora cuanto le rodeaba con mayor fervor, con mucha más intensidad. ¿Sería aquel árbol el arranque de su segundo símbolo? ¿O tal vez aquellas rocas diseminadas por el suelo, de tan curiosa forma? ¿Quizá la nube que flotaba sobre su cabeza? ¿Y si lo fueran las montañas de su derecha?

Todo podía ser una pauta. Todo. Pero Alphabet había decidido fiarse de su instinto. Cuando aquel anciano le habló de la cabeza, él se estremeció y comprendió. Así pues, seguiría esperando ese estremecimiento, esa comprensión. Y, por encima de todo, seguiría esperando el juicio de los hombres.

—*Acento*, Acento —le dijo a su mula—, este mundo nuestro es el lugar más prodigioso jamás imaginado, ¿no es cierto?

Tardó tres días en divisar un nuevo poblado en la margen izquierda de la senda por la cual transitaba. Apenas había en él una docena de casas, pero, en cambio, las cabezas de ganado eran abundantes. Para protegerlas e impedir que se escaparan, una larga cerca las rodeaba. Los pastos que se extendían por doquier eran verdes y jugosos, de ahí que el ganado tuviera aquel aspecto tan impresionante.

Al igual que aquellas gentes.

Cuando se detuvo a la entrada del poblado, aparecieron algunos niños y niñas, sus padres y también sus mayores. Le dieron la bienvenida a la antigua usanza, de acuerdo con sus tradiciones, según las cuales todo caminante tiene derecho a un cuenco de sopa y un techo bajo el que pasar la noche. Le preguntaron de dónde venía y se sorprendieron de que tras las montañas de la Gran Cordillera, como la llamaban ellos, existieran pueblos habitados. Antes de dormir, hablaron mucho y se alegraron de haberlo conocido, como Alphabet se alegró de haberlos conocido a ellos.

Aquella noche tuvo por segunda vez aquel estremecimiento, pero no logró discernir de dónde provenía, qué se lo producía, qué había visto que pudiera darle pie a forjar un nuevo símbolo. Y se durmió sin darse cuenta.

Soñó con Abecedaria, y con el hijo que esperaba.

Tal vez pudiera regresar antes de que naciera.

Por la mañana, al romper el alba, Alphabet se dispuso a partir. Salió del pajar en el que había dormido, preparó a Acento y miró los animales del ganado rodeados por la cerca. Una voz sonó a su lado:

—Esta es nuestra fuente de vida.

Era el hombre que le había ofrecido el pajar, que ahora le tendía un cuenco rebosante de leche recién ordeñada.

—¿Dirías que es lo más importante para vosotros?

—Claro. —El hombre asintió con la cabeza—. Esos animales nos dan carne, piel, leche, compañía, calor... Ellos son el mejor regalo de nuestra apacible existencia. Ellos y esa cerca que un día construimos para evitar que se escaparan, pues, antes de que la hiciéramos, perdíamos constantemente a decenas de ellos. Somos un pueblo libre, pero ya ves, tuvimos que levantar una valla para proteger lo poco que poseíamos. Supongo que ésa es la paradoja, amigo mío.

—¿Tienen nombre esos animales y esa cerca?

—A los bueyes los llamamos «alef». A la cerca la llamamos «het».

Y Alphabet supo que tenía dos nuevos signos en su mente.

Dio las gracias al hombre, para que asimismo las transmitiera al pueblo entero, y partió de inmediato siguiendo su camino a lomos de Acento, a la que apremió con nervio. Pero apenas habían rebasado dos lomas, dejando atrás aquella presencia humana, cuando se detuvo, ató la mula y dispuso a un lado, sobre la tierra, el cazo, la tenacilla, el martillo y dos virutas de hierro. Luego, con una vara, hizo dos dibujos en el polvo. Así:

Pensó largo rato en cómo sintetizar aquellas dos formas y, finalmente, dejó que su mano guiara casi libremente la vara, con lo cual obtuvo dos nuevas siluetas.

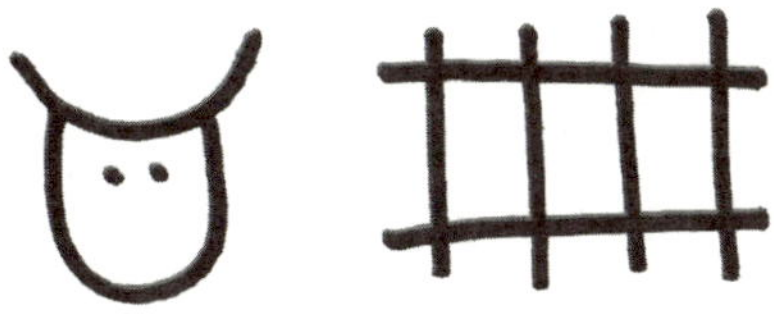

Y, tras ellas, dos más.

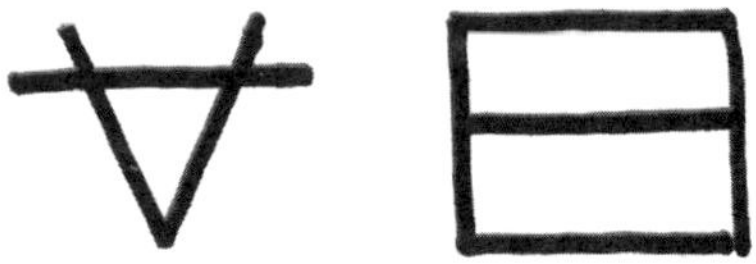

Se sintió cerca, como la vez anterior. Tan cerca que ya no dudó demasiado, aunque pasó largo rato retocando aquellos dos dibujos hechos en la tierra. Eliminó un trazo, añadió otro, lo quitó, le dio la vuelta al símbolo de la izquierda y lo puso del revés..., esquematizó aún más el de la derecha... hasta que los tuvo claros, con su forma definitiva, siguiendo el impulso final de su creatividad.

Y así obtuvo esto:

El anciano de la ciudad había dicho que «res» era la manera en que ellos llamaban a la cabeza, y de esa cabeza había surgido el signo R. El hombre del poblado acababa de decirle que al buey lo llamaban «alef», y a la cerca, «het». Los mismos nombres se parecían a como pronunciaban ellos en Anihabarad dos de los signos.

—Tú serás A —le dijo al símbolo resultante de la cabeza de buey—, y tú representarás el sonido vacío —añadió mirando al resultante de la cerca—. Serás H, el signo ausente en el habla, pero sin el cual no podrían escribirse palabras como «echar», «estrecho» o «hechicero».

Las guardó en su zurrón, hizo lo propio con sus utensilios y continuó su camino.

CAPÍTULO 12
La historia de la C

Al término de aquella jornada, Alphabet llegó a las estribaciones de lo que parecía ser un gran desierto. Era la primera vez que veía uno. No sabía qué hacer, vacilaba. Si regresaba, no tendría más remedio que desandar lo andado y volver a Anihabarad. Si trataba de rodear el desierto, ¿cómo sabría si cometía un error que lo llevaría a tierras aún más ignotas? Si se internaba en él…

Quizá fuese más pequeño de lo que parecía.

Quizá.

Porque, de lo contrario, moriría en él y nunca, nunca volvería a ver el dulce rostro de Abecedaria, ni conocería a su primer descendiente, ni cumpliría el mandato de su rey.

—¿Qué hacemos, Acento? —le preguntó a la mula.

Se habría alegrado de que ella le respondiera, mas no lo hizo.

Alphabet se resignó. Hizo que Acento comiera, comió él, llenó de agua el odre y reunió la mayor cantidad de fruta que los árboles de por allí le ofrecían. Preparado para lo que fuera, inició la travesía de aquel desierto con la primera sombra de la noche, pues pensaba caminar en la oscuridad y descansar durante las horas de más calor.

Aquella noche hizo mucho, muchísimo frío.

Y al día siguiente mucho, muchísimo calor.

Tres noches y tres días después, Alphabet lloró por primera vez al sentirse perdido.

No podía regresar siguiendo sus huellas, porque el viento de aquella dura jornada las había borrado. Ni sabía si seguir, o en qué dirección hacerlo, pues tal vez estuviese dando vueltas en círculos sin llegar a ninguna parte. Estaba perdido.

Aquella noche le dijo a Acento:

—¿Y si me guías tú? Vamos, sigue tu instinto.

La mula le demostró que no era más que lo que era, es decir, una mula. Se lo quedó mirando con su eterna estampa de simpática indiferencia.

Al día siguiente se terminó el agua.

Y al siguiente, las fuerzas.

Alphabet cayó postrado sobre la arena sin poder avanzar más, desfallecido. Acento lo empujó con el hocico, pero ya fue inútil. Intentó llorar, para beberse sus lágrimas, pero hasta los ojos los tenía secos. Los cerró y esperó la muerte pensando una y otra vez en Abecedaria, su dulce Abecedaria.

No supo cuándo perdió el conocimiento.

Ni reconoció el color de sus sueños.

Pero cuando de nuevo abrió los párpados y vio el hermoso rostro de una muchacha adolescente, lo primero que pensó fue que estaba muerto y en el paraíso.

—¡Padre! —gritó la muchacha al verle despierto—. ¡Ha vuelto en sí!

Aparecieron un hombre, una mujer y media docena de pequeños y pequeñas, de los cuales la que acababa de ver era la hermana mayor.

—Extranjero —lo saludó el hombre—, eres sin duda afortunado y haces que lo haya sido yo, pues al haberte encontrado moribundo por azar te he salvado la vida y me congratulo de ello.

Salvado.

Por un nómada del desierto, tal como le contó más tarde.

Alphabet se recuperó en el transcurso de los dos días siguientes, y fue tratado como uno más por la familia, que lo colmó de risas y cariño. El oasis en el que vivían era muy bonito, una isla en mitad de aquel océano de arenas rojas; tanto que el herrero buscó en él alguna posible forma con la que dar vida a otra de las voces traídas por los hijos del rey. Las palmeras, el agua, la tienda...

—¿Qué es esto? —preguntó con los ojos muy abiertos al ver un extraño animal desconocido para él.

—Un camello, amigo mío —le dijo el nómada—. Con él te encontré, y a su grupa te subí. El camello es toda nuestra energía y nuestra fuerza. Un ser sin duda prodigioso, resistente y capaz de lo mejor en esta dura tierra que, sin embargo, tanto amo.

Alphabet se acercó al animal, sentado en el suelo. Era esbelto, de ojos altivos y cabeza señorial. Pero lo que más le fascinó, por encima de su joroba o de sus extraordinarias patas, fue su largo y curvado cuello. Un prodigio de la naturaleza, una armonía perfecta. Ni sus muchas rejas forjadas en hierro tenían la dulce síntesis de aquella línea.

Durante los siguientes días que pasó en el oasis, el herrero no perdió de vista al camello. Habló con sus salvadores, cordiales y siempre amenos, jugó con los niños, divertidos y felices, y sobre todo paseó con la joven adolescente, que respondía al nombre de Diéresis y era aún más curiosa que sus padres, además de muy despierta, como corresponde a todas las muchachas de su edad; pero el camello era el centro perpetuo de su atención. Habría trazado la imagen de su siguiente signo de no estar obligado a la corrección con sus salvadores, de los que era invitado.

Porque, sin duda, ya tenía la base para crear una nueva forma.

Cuando por fin el hombre nómada se avino a trasladarlo a la linde del Gran Desierto, Alphabet se despidió con tristeza de sus amigos. La mula, tan fascinada por el camello como lo estaba él, lo siguió en silencio durante los dos días de camino.

La última noche, su salvador le señaló la primera escarpadura que nacía con el límite de las arenas.

—Este es tu mundo —se despidió del herrero—. Te deseo paz y felicidad, amigo mío.

Alphabet reemprendió solo su camino.

Pero aquella misma noche, en la oscuridad, bañado únicamente por la luz de las estrellas, dibujó en la arena la cabeza de un camello.

Y después la estilizó.

Y lo hizo un poco más:

Y finalmente realizó un simple trazo curvo, así:

—Tú te llamarás C. —Le sonrió a su cuarto signo—. Y, puesto que tienes dos extremos, valdrás para dos sonidos, tanto para escribir «cuerno» como «ceja» o «caja» o «cementerio».

Entonces pudo dormir, vivo y feliz, y de nuevo en marcha, tras haber vencido al Gran Desierto con la ayuda de la amistad.

CAPÍTULO 13
La historia de la K y la I

En los siguientes cuatro días no vio a nadie. Si antes el desierto había formado un manto impenetrable a modo de gran océano de olas quietas, ahora la tierra era un continuo de rocas a cuál más quebrada y peligrosa. Rocas volcánicas, pues su forma a base de conglomerados enfriados cientos, miles de años antes así lo indicaba. Por lo menos había agua en abundancia, ya que en cada hueco grande o pequeño se formaban charcas, estanques y lagunas. Y también comida, pues de los lugares más insospechados surgían plantas de jugosos tallos y árboles de nudoso tronco con frutos variados colgando de sus retorcidas ramas. Aquella era sin duda una tierra dura, pero generosa.

Una tierra en la que parecía imposible que viviera alguien.

Pero se equivocaba.

Un atardecer, las nubes se cerraron sobre su cabeza de forma tan fulminante que Alphabet solo tuvo tiempo de meterse en seguida en una cueva sin poder pensar en nada mejor. No le importaba mojarse, solía hacerlo a lo largo de algunas de sus jornadas, pero cuando, además de la lluvia, la madre naturaleza se dignaba enviar truenos y rayos… A Acento no le gustaba el retumbar de los primeros, y a él, el peligro de los segundos.

Apenas se había sentado al amparo de la oscuridad cuando de ella surgió una voz:

—¿Quién eres tú?

Se asustó. Dio un respingo y miró hacia las sombras. No vio nada.

—¿Quién hay… ahí? —balbuceó.

—Yo —dijo la voz.

—¿Y quién eres tú? —preguntó el herrero.

—Yo soy yo.

Primero vio el blanco de sus ojos, a continuación lo enteco de su rostro, finalmente la desnudez de su cuerpo.

Le faltaba la mano derecha.

Alphabet no supo si salir corriendo o quedarse muy quieto. Acento, sin embargo, se acercó al desconocido y lo saludó con un golpe de hocico. Él pensó que, si su mula se mostraba amigable, era porque el desconocido no entrañaba peligro alguno. Los animales tienen un sentido especial para eso.

—Llevaba muchos años sin ver a nadie, ¿sabes? —El hombre le tendió la mano—. ¿Puedes estrechármela? Necesito saber si eres real.

Alphabet miró aquella mano sarmentosa, igual que una raíz recién extraída de la tierra. Temblaba. Y en ese temblor halló la invitación final. Solo vaciló al no saber si darle su mano derecha o corresponderle con la izquierda. Hizo esto último, para mostrarse como su igual.

Así, los dos hombres, aun siendo desconocidos, sellaron su paz y su amistad.

—¿Qué haces aquí, solo y desnudo? —le preguntó el herrero.

—Es una larga historia. —El hombre se encogió de hombros—. Lo que hice ya no cuenta, lo que soy es lo que importa.

—¿Y qué eres?

—¿Acaso no lo ves? Un ermitaño. Un simple ser humano apartado del mundo para morar en soledad.

—¿Por qué?

—Eres curioso, caminante. —Los ojillos del hombre brillaron en la penumbra de la cueva, mientras fuera la lluvia era una cortina incesante e impenetrable que no permitía ver nada más allá de tres pasos—. Pero te lo contaré si tú me cuentas el motivo de tu presencia.

—No hay mucho que contar —reveló Alphabet—. Mi rey me ha enviado a buscar las cosas importantes de la vida, aquello que hace que el mundo sea mundo, lo que nos une a la naturaleza y al universo, para dibujar con ello unos signos que identifiquen los sonidos con los que hablamos.

—Debes de ser un hombre de gran importancia si tu rey te ha encomendado tal misión —ponderó el ermitaño.

—No soy más que un herrero. —Alphabet sonrió.

—Entonces tu rey será muy pobre.

—Es el rey más rico, porque tiene todos los dones: sabiduría para conocer y valorar, curiosidad para aprender siempre, voluntad para no rendirse jamás.

—Pero cada ser humano valora de muy distinta forma sus dones y los de la vida —reflexionó el ermitaño—. Lo que para uno es importante, carece de relevancia para otro. Y lo que para ese otro es fundamental, al primero no le inspira más que indiferencia.

—La diversidad es la primera fuente de la riqueza natural.

—¿Seguro que no eres más que un herrero? —El hombrecillo sonrió y le mostró una boca tan carente de dientes como de pelo lo estaba su cabeza.

—¿Cómo te llamas?

—Paréntesis.

—¿Y cuál es tu historia? —preguntó Alphabet.

—Mi historia es simple, ya ves. —Levantó el brazo derecho para mostrarle el muñón de su mano amputada—. ¿Buscas lo más importante de cada ser humano? Pues he aquí lo que para mí era más importante: mi mano derecha. Con ella era feliz, poseía todos los dones, me sustentaba, me daba poder, vida, atributos, felicidad, paz, gloria…

—¿Cómo podía darte tanto tu mano?

—Porque era pintor, el mejor de la corte de mi rey. —Los ojos del ermitaño se poblaron de luces—. Cuando mi mano sostenía el pincel…, ¡oh, amigo!, los lienzos se llenaban de color y armonía, de fuerza y magia. Podía plasmar lo mejor y lo peor de una persona, conferir realismo a un paisaje, hacer que cualquiera oyera el silbido del viento o la cadencia de las olas. ¡Mis cuadros hablaban, estaban vivos!

—¿Y cómo perdiste la mano? —preguntó Alphabet al ver que el hombrecillo se detenía al borde de sus recuerdos.

—Mi rey tenía una preciada perla, su mayor tesoro, su hija Yelil. Tuve la osadía de enamorarme de ella, y ella cometió la locura de enamorarse de mí. Ni siquiera hablamos. Todo fue en la distancia de palacio. Era un imposible, pero tanto ella como yo… tratamos de que fuera posible. Un día, el rey me pidió que le hiciera un retrato, pues Yelil acababa de cumplir su mayoría de edad. Cada día, pintándola, nuestro amor creció más y más, se hizo locura, nos impedía respirar, nos abrasaba las entrañas. ¡Oh, amigo mío, el amor…! Nos costaba no echar a correr el uno a los brazos del otro, porque, aparte de no hablarnos, tampoco nos habíamos tocado nunca, como ya puedes imaginar. Jamás habíamos respirado el mismo aire a menos de un metro de distancia, envolviéndonos con su caricia. Era una tortura, pero, al mismo tiempo, mi amor era tan sublime que el cuadro crecía día a día con un fuego y un esplendor jamás vistos. El cuadro era ella, y mi amor, y todo.

Alphabet lo miraba curioso. Aquel hombre hablaba de su pasado, y resultaba difícil creer que un día hubiera sido joven y tenido un aspecto agradable, y haber sido, además, un gran artista. Pero sabía que decía la verdad.

—Continúa —le pidió.

—Puedes imaginar el resto, caminante. —El ermitaño de la historia triste suspiró compungido—. La noche antes de pintar los ojos de Yelil y de dar por finalizado por lo tanto el retrato y volver a separarnos, el guardia que nos vigilaba constantemente se ausentó unos instantes, y nosotros no pudimos impedir lo que sucedió a continuación. ¿Quién podía detenernos, si al fin éramos libres unos segundos? Atravesamos aquella distancia y nos quedamos frente a frente, mirándonos con todo el amor que sentíamos desbordándose por nuestros sentidos. Entonces yo alcé la mano derecha, la deposité en su mejilla, la toqué. ¡Sí, la toqué! Una caricia, un suspiro. ¡Toqué el sol y la luna, el cielo y las estrellas, la vida entera y la felicidad! Y ella cerró los ojos, se estremeció, y en silencio...

—¿Os escapasteis?

—No. —El ermitaño cerró los ojos—. Eso fue todo. Todo. Solo mi mano en su mejilla.

—¿Te vieron?

—Nadie nos vio —dijo Paréntesis—, pero al día siguiente, cuando el rey contempló el cuadro terminado, supo exactamente lo que había sucedido. Mi obra era tan real, tan viva, que los ojos de la princesa lloraban de felicidad, y en su mejilla estaba la huella de mi mano acariciándola. Así lo supo el rey. Mi cuadro, tan perfecto, me traicionó. Su majestad me miró y me dijo: «Yod es la mano cerrada que da amistad. Kaf es la mano abierta que ofrece la vida. Pero tu mano ha manchado una pureza que no te pertenecía». Y por ello ordenó que me cortaran la mano derecha y me expulsaran del reino.

—Un rey cruel. —Alphabet se estremeció.

—¿Puede toda una existencia concentrarse en un segundo? —dijo el hombre, ahora encerrado en sí mismo—. Te lo diré, amigo. La respuesta es sí. Volvería a dar cien, mil veces la mano derecha. Y sé que tuve más, en ese momento, que muchas personas a lo largo de su existencia. Así que…

Alphabet contempló aquella ausencia.

Una mano.

Una simple mano.

—Yelil murió de tristeza a los pocos meses —concluyó su relato triste el hombrecillo—, y mi mano está clavada en la puerta principal de la ciudad, como advertencia, con la palma hacia fuera, dando el alto a quienes tratan de entrar, porque desde aquellos días mi reino es conocido con el nombre de Reino del Dolor.

—Tú no tuviste la culpa de amar, ni la tuvo Yelil. La culpa es de quien cree que puede ser dueño de nuestros corazones, de quien nos roba la libertad, de quien practica la intolerancia y hace de la injusticia la base de su poder. Tu mano es un símbolo de amor, no de otra cosa.

El ermitaño asintió con la cabeza.

Se había hecho de noche y la lluvia había cesado sin que se dieran cuenta. Fuera brillaban la luna y las estrellas.

—Gracias —murmuró.

Entonces se tendió de lado, cerró los ojos y se durmió al momento.

Alphabet lo contempló todavía unos instantes, mientras un débil resplandor se filtraba por la entrada de la cueva. Finalmente, cuando la oscuridad fue completa, también se tendió en el suelo y se durmió.

Al día siguiente, el ermitaño había desaparecido.

—¿Fue real? —le preguntó el herrero a su mula.

Acento se quedó tal cual.

Pero, antes de partir, Alphabet hizo algo.

Salió de la cueva y, encima de un pedazo de tierra rocosa lleno de barro, con una vara, dibujó dos manos. Así:

Como ya era habitual, tras el dibujo de la realidad hizo un esquema mucho más sucinto de ambas ideas.

Mano cerrada en alto, mano abierta de lado. A la primera la llamaban «yod», a la segunda «kaf».

Realizó una esquematización más:

Y completó ambas formas con la sencillez final.

Las modeló en hierro, las contempló, y las llamó I y K.

Cuando se alejó de allí, en respetuoso silencio, no se dio cuenta de que, por entre las rocas, el ermitaño llamado Paréntesis salía para observar sus dibujos en el barro.

Tampoco vio sus lágrimas de amor ante aquellas dos manos que le había regalado.

CAPÍTULO 14
La historia de la N y la Ñ

Durante dos semanas no encontró nada que le inspirara nuevas formas con las que representar las voces traídas por los príncipes y las princesas, y tampoco halló a nadie con quien conversar y que pudiera arrojarle luz. Solía contemplarlo todo con otros ojos, y a veces se sentaba en el suelo y dibujaba aquello que tenía ante sí, una nube, un paisaje, un amanecer. Sin embargo, ninguna voz interior le despertaba la capacidad de asombro que nacía en él cada vez que estaba a punto de conseguir arrancarle al destino una nueva forma que forjar en hierro.

Una mañana, desde lo alto de una colina, divisó un riachuelo y, en una margen, a un niño agazapado entre los matorrales.

Descendió la colina y se acercó al niño. No se dio cuenta de que estaba muy callado, muy silencioso, porque desde su escondite entre unos matorrales acechaba algo en el río. Cuando ya se encontraba cerca, Acento rebuznó con sonora exageración, y no solo el pequeño se llevó un enorme susto, sino que algo, en la ribera del riachuelo, se escabulló como por arte de magia.

—¡Oh, vaya! —exclamó el niño haciendo un mohín de disgusto—. ¡Mira lo que has hecho!

—¿Qué he hecho? —quiso saber Alphabet, pues no comprendía qué sucedía.

—¡Has espantado a mis presas! —proclamó el pequeño.

Alphabet se dio cuenta de que en la ribera, con menos de un palmo de agua, algunas serpientes acuáticas retozaban a sus anchas, moviéndose por aquellos dominios con absoluta libertad. Pero si alguien se acercaba a ellas, si algo las molestaba, se internaban en el río y desaparecían. Obviamente, el niño esperaba que alguna serpiente de agua se descuidara, acercándose a la orilla o incluso asomando la cabeza, para atraparla.

—Lo lamento —dijo Alphabet—. Seguro que lograrás coger muchas en cuanto me vaya.

—Llevo aquí mucho rato —se lamentó el niño—, y aún no he conseguido ninguna.

—No siempre se gana en los juegos, hay que dar un margen al azar. —El herrero sonrió condescendiente.

—¡No es un juego! —gritó el niño—. Debo capturar cada día un mínimo de cinco de esas escurridizas serpientes de agua. Es el número justo con el que, en el mercado, me pagan la moneda con la que compro la comida para alimentar a mi familia.

Alphabet se quedó muy sorprendido ante aquellas palabras.

—¿Alimentas tú a tu familia, y con tan poco?

—¿De dónde vienes, extranjero? —expresó con amargura el pequeño—. Estos son tiempos duros y difíciles, y para muchos, la diferencia entre la felicidad o la desdicha estriba en algo tan simple como capturar una serpiente de agua. ¿Acaso en tu pueblo vivís en la abundancia?

Anihabarad era un reino en el que nunca faltaba la comida, ni el trabajo para conseguirla. Alphabet se alegró de vivir allí. Pero también sintió pena por aquel niño que en tan precario contaba su paz.

—¿Puedo ayudarte? —se ofreció Alphabet.

—¿Lo harías? —se extrañó el niño.

El herrero bajó de la mula, dejó el zurrón con los signos colgado del cuello de Acento y, tras vaciar el otro zurrón con sus utensilios de forja, que dejó en el suelo con cuidado, se adentró en la ribera con él en la mano. Las serpientes huyeron al momento, pero Alphabet se quedó allí quieto, inmóvil, con el agua a la altura de los tobillos, dejando el zurrón abierto a sus pies bajo la superficie hasta que, a lo largo de los siguientes minutos, las serpientes fueron regresando, confiadas. El niño lo miraba todo, expectante. Cuando hubo un número suficiente a su alrededor, el herrero se movió con precisa celeridad.

De un manotazo, tiró del zurrón hacia arriba.

Luego regresó a la orilla.

Exactamente trece serpientes de agua cayeron del zurrón cuando le dio la vuelta sobre la tierra.

El niño abrió tanto los ojos que sus pupilas rivalizaron con el sol en grandiosidad.

—¡Vaya! —ponderó—. ¡Eres extraordinario, extranjero!

Aquella mañana, Alphabet no solo enseñó al pequeño a cazar serpientes de agua, sino que le consiguió noventa y siete presas con las que se procuraría el alimento de los suyos durante muchos días. Cuando los dos descansaban, felices, el herrero le preguntó:

—¿Por qué tu familia depende de ti para comer?

—Porque mi madre está enferma —le contó el niño—, y mi padre en otras tierras, trabajando y ahorrando para poder regresar un día y procurarnos un mejor acomodo y el sustento diario. Y, siendo yo el único con capacidad, debo ocuparme de mi cometido, que no es otro que éste. Dependo de esas serpientes de agua, por ahora, así que ya ves en qué grado estimo tu ayuda y cuánto te agradezco no solo lo que has hecho por mí, sino lo que me has enseñado.

—Tú también me has dado algo —le dijo Alphabet.

—¿Yo? ¿Qué puedo haberte dado yo, extranjero?

—Una lección.

—¿Cuál?

—Saber que lo que para unos no es más que un juego, o una vulgar serpiente de agua, para otros puede llegar a ser la vida. Es decir, que en este mundo nuestro todo sirve para algo y para un fin, y que nada nos es ajeno, pues forma parte de un todo esencial.

—Supongo que sí. —El niño se encogió de hombros—. Me alegro de que nos hayamos encontrado, aunque haya sido por casualidad.

¿Casualidad?

—¿Cómo llamáis a estas serpientes de agua en tu pueblo?

—Nun —dijo el pequeño.

—¿Y cómo te llamas tú?

—Exclamación.

Se levantó tras decírselo, se acercó a él, le dio un beso en la mejilla y echó a correr con su preciada carga en la cesta que sostenía con ambas manos, dejándolo de nuevo solo.

No vio cómo Alphabet sonreía.

Porque, además de aquella lección, Alphabet tenía su séptimo y su octavo signos.

Dibujó una serpiente de agua:

Después la redujo a un trazo.

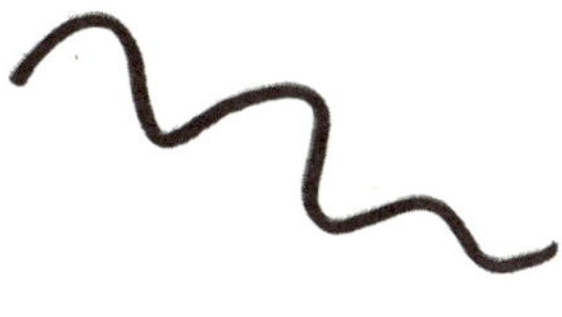

Y a otro, aún más simple.

Y, finalmente, le dio la forma que tenía en su mente.

No contento con ella, dijo:

—Tú serías la N, pero si la serpiente, además, se queda sin su bífida lengua y se la colocamos como sombrero…

Y dibujó en la tierra un segundo signo, como el primero, pero con un leve trazo por encima.

—…tenemos la Ñ —finalizó.

Una hora después, con los dos signos forjados en hierro metidos en el zurrón, el herrero reemprendió la marcha.

CAPÍTULO 15
La historia de la B y la D

Siguió Alphabet el curso del riachuelo durante una semana, y a su término, se encontró con el gran lago en el cual desembocaba. Era un lago muy bonito, de aspecto cálido y aguas oscuras, pero, en apariencia, no peligrosas. Un sendero se bifurcaba en la orilla rodeándolo por ambos lados. Pero en la ribera derecha divisó un pueblo muy grande, o quizá una ciudad muy pequeña, y allí se encaminó. Llevaba tantas jornadas sin dormir en un lugar confortable que lo necesitaba. Y también quería un buen forraje para Acento, y algo más que fruta silvestre para sí mismo.

Se encontró en la entrada de la ciudad casi de golpe, al doblar un recodo del camino presidido por una enorme roca redonda. No vio a nadie, así que se internó por ella, mitad curioso, mitad sorprendido, pues era extraño que, dada la hora, no hubiese persona alguna por las calles. Caminó tirando de su mula algunos minutos hasta que, por raro que pareciera, se sintió observado, así que alzó la cabeza para mirar las casas que lo rodeaban.

Detrás de una ventana vio dos rostros mirándolo. Rápidamente, se ocultaron.

En otra, una cabeza asomada a un lado se metió para adentro de inmediato.

En una tercera, hasta tres personas que curioseaban detrás de unos cortinajes los interpusieron para no ser vistos.

Alphabet no entendió aquel proceder.

—¡Eh! —llamó.

Nadie hizo caso de su voz.

—¡Soy un visitante pacífico! ¡Necesito comida y techo! —anunció.

De nuevo el silencio se llevó su voz, envuelta en el fracaso, por el aire.

Alphabet se plantó delante de una gran puerta y llamó.

¡Pam! ¡Pam! ¡Pam!

Nada.

Regresó al centro de la calle. Las casas eran bonitas, rectangulares, con techos en forma de pico a modo de gran sierra acostada sobre su perfil. Y las puertas eran de madera recia, con un grácil arco en la parte superior. Casas fuertes. Puertas seguras.

¿De qué tenían miedo aquellas gentes?

No hubo forma de que ninguna puerta se abriera para él.

—¿Has visto algo tan singular, Acento? —le dijo a su mula.

Acento tal vez olisqueara comida, o tal vez le respondiera, pero lo cierto es que resopló.

—No nos quieren, es evidente. —El herrero se sintió triste.

Atravesó la ciudad y, al llegar al otro lado, siempre con aquellas miradas observándolo desde las ventanas que dejaba a su paso, se dispuso a marcharse de allí para siempre, ya no tan sorprendido como intrigado.

Fue entonces cuando, junto a un pozo del que sacaba agua, vio a una mujer muy vieja, tan vieja como el anciano de la primera ciudad que había encontrado en su camino. Pensó que sin duda huiría al verle, pero no fue así, y pudo acercarse a ella hasta detenerse a su lado. La mujer acababa de subir un cubo rebosante de agua pura y limpia, e introdujo en él un cazo y se lo ofreció.

—Gracias —dijo muy sinceramente Alphabet tras haber bebido, aunque lo decía más por su presencia que por el detalle.

—¿Quién eres? —le preguntó ella.

—Un caminante. Quería una cama y comida.

—No lo podrás encontrar aquí —aseguró la anciana.

—¿Por qué se esconden todos en sus casas? ¿Me tienen miedo?

—Se temen a sí mismos.

—¿Y qué es lo que han de temer, si son vecinos?

—Su codicia, que es la clave de su propia inseguridad.

—¿Qué los ha llevado a ello?

—Verás, buen hombre. —La vieja mujer chascó la lengua—. Esta era antes una ciudad abierta y cordial, hospitalaria y amable, en la que si alguien tenía puerta en su casa, jamás la cerraba. Eran felices, todos tenían qué comer, vivían en paz consigo mismos y con los demás. Se ayudaban, se querían, compartían la vida. Hasta que un día todo cambió.

—¿Una guerra?

—No. —La anciana echó la cabeza hacia atrás como si fuera a reírse—. Fue la riqueza, la prosperidad, el bienestar.

—¿Cómo puede la felicidad crear tal desasosiego?

—Porque la felicidad no la aportan los bienes materiales, sino la paz interior, y ellos la perdieron. —La anciana se llenó los pulmones de aire antes de proseguir—. Un día, una familia encontró oro en las montañas. Cargaron carros enteros con él, hasta agotar la veta, y lo trasladaron a su casa, dichosos, ya que el oro les aseguraba la subsistencia por años y años, generaciones y generaciones. Con tal riqueza en su poder, temieron que les robaran, así que hicieron turnos para vigilar su oro día y noche. No importó que los posibles ladrones fueran sus vecinos y amigos de toda la vida. Ellos se sabían automáticamente envidiados y eso los llevó a desconfiar hasta de su sombra. Para preservar su poder, construyeron la primera casa de ladrillos y cemento, y la primera gran puerta cerrada con llave, tras la cual se escondieron. Pero ellos no fueron los únicos.

—¿Se encontró más oro?

—El oro tiene muchas formas —dijo la anciana—. Otro día, una familia que buscaba algo perdido en el lago halló un montón de perlas negras muy hermosas, hermosísimas. Cuando la última perla estuvo a buen recaudo en su casa, repitieron los mismos pasos que la primera familia. Miedo, incertidumbre, recelos... y finalmente levantaron también su propia fortaleza, que protegieron con una gran puerta que los aisló y separó del mundo. Y eso sucedió casi al mismo tiempo que una tercera familia hallaba diamantes puros en las cuevas, y cuando una cuarta descubrió en el subsuelo una materia grasa capaz de arder y dar energía sin apenas consumirse, y cuando una quinta... ¿Comprendes? Con los años, todas las familias tenían algo por lo que temer, algo que cuidar, algo que defender. Así que la ciudad se convirtió en lo que es ahora, un lugar sombrío, poblado de desconfianza y recelo. Cuando te han visto acercarte, aunque fueras un solo hombre con esa pobre mula, todos han temido por sus fortunas. Y eso es lo que has visto a tu vez, amigo mío, porque acabas de pasar por la ciudad de la soledad, la ciudad más triste del mundo.

—¿Y tú? —Alphabet se fijó en sus ropas humildes y su aspecto desastrado.

—Yo tengo todo el mundo que ellos no quieren ver ni disfrutar, el aire, el sol, la luna, el lago, la montaña, las estrellas... —La mujer señaló hacia un bosque—. Mi «bet», pues así llamamos a las casas, está allí, entre los árboles. Es de madera, y por «dalet», por puerta, tengo una vieja cortina que cualquiera puede franquear. Ellos me toman por loca —hizo un gesto en dirección a la ciudad—, y tal vez sea así —sonrió—, pero prefiero estar loca con mi paz que ser rica con la peor de las guerras. Sabes cuál es, ¿no?

—El egoísmo —repuso Alphabet.

—Si quieres descansar, te ofrezco mi casa —le propuso complacida la vieja mujer—. Si quieres seguir tu camino, te ofrezco comida y unos minutos de sosiego.

Alphabet aceptó de buen grado el ofrecimiento de la anciana, y aquella noche comió sencilla pero ricamente, durmió en una cama y tuvo mucho en qué pensar cuando, al amanecer, reemprendió su camino tras despedirse de ella con afecto y conocer su nombre: Comilla.

Se preguntó si podría extraer algún signo de aquella experiencia.

¿Acaso el rey Shafed no le había pedido las formas más naturales y armónicas de la creación?

¿Si representaba algo en apariencia negativo, acaso no estaría dando forma al lado oscuro de la belleza?

Y comprendió que no.

Que lo que es bueno o malo no son las cosas, sino las personas que las manejan.

Una casa.

Una puerta.

Una casa era un hogar, y una puerta, aquello que se abría como se abre un corazón dispuesto para el amor.

Alphabet bajó de Acento, cogió una rama y dibujó unas casas y una puerta en la tierra del camino.

—«Bet» y «dalet» —dijo.

Sabía que la primera voz de cada una sonaba como las voces de B y D. Así que supo cómo se llamarían aun antes de llegar hasta ellas. Primero así:

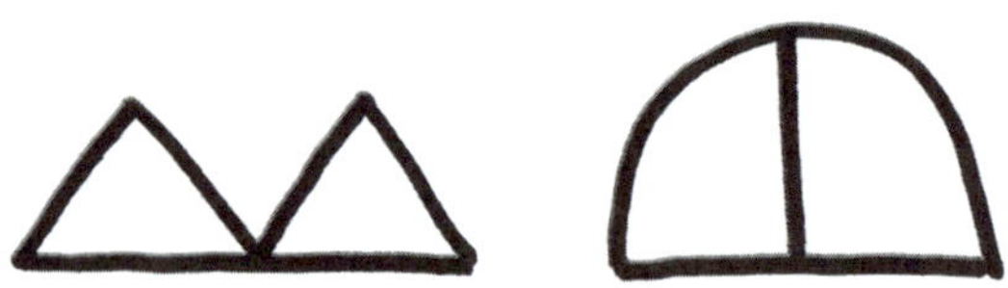

Después así:

Y finalmente, tras colocarlas de lado, así:

Con este resultado, fundió un poco de hierro en su cazo y les dio la forma definitiva.

CAPÍTULO 16
La historia de la U

Rodeó el lago y al otro lado de la ciudad silenciosa se encontró con algo que llamó su atención.

Era un canalillo labrado en el suelo, con las paredes recubiertas de láminas de pizarra muy finas. Partía del lago y, aprovechando el desnivel del terreno, conducía un reguero de agua hasta... ¿hasta dónde?

El canalillo se perdía en la distancia.

Pensó que aquello no podía ser una casualidad. La mano del hombre estaba detrás de su construcción, y quiso conocer a quienes lo habían hecho. Sin duda, pensó, en alguna parte, no muy lejos, habría una casa, o quizá un puñado de ellas, o tal vez se tratase tan solo del sistema de riego de algunos campos perdidos. Fuera como fuese, Alphabet y su mula tomaron aquella dirección.

Un día.

Dos.

Tres.

Cuando ya pensaba que era imposible que por allí hubiese alguien, descubrió el valle más hermoso, más fértil, más verde y de proporciones más perfectas de cuantos había visto desde su salida de Anihabarad. Un valle que prosperaba gracias a algo tan simple y elemental como el agua transportada a través de aquel canalillo desde el lago.

Y allí mismo tenía una forma más para dar vida a una de las voces que aún carecían de ella. Aquel canalillo representaba la vida de todo aquel valle y de sus gentes.

Un poco de agua y el ingenio para desplazarla.

Alphabet bajó de Acento e hizo un solo dibujo y un solo trazo en la tierra.

El dibujo fue este:

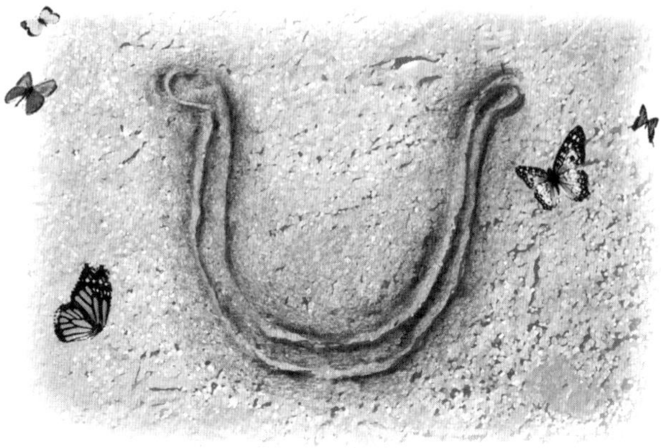

Y el trazo, este:

—Tú serás U —lo bautizó.

Pocos minutos después, el hierro, ya frío y con la forja de aquel símbolo, fue a parar al zurrón.

Con él y con el ánimo feliz, Alphabet bajó hasta el valle, donde fue recibido con calor por unas gentes afables y alegres, que le dispensaron un gran recibimiento y lo atendieron durante tres días con agasajos y ofrecimientos de que se quedara a vivir con ellos si así lo deseaba.

Pero, con el cuarto amanecer, el herrero subió a su mula y se despidió de ellos.

Le quedaba mucho camino por recorrer, pues aún no tenía ni la mitad de los signos para las voces que constituían el alma de las palabras de Anihabarad.

CAPÍTULO 17
La historia de la O, la P y la S

Una mañana, después de muchos días sin cruzarse con nadie, siguiendo el curso del río más grande que jamás había visto y con el que se tropezó por casualidad, Alphabet se encontró con un perro que le ladró surgiendo de la nada. Acento estuvo a punto de tirarlo al suelo, tal fue el susto que se llevó. Logró dominarla y entonces el herrero siguió al animal, convencido de que, si había un perro, habría gentes. Por allí, dados el calor y la humedad, el río levantaba enormes bancos de niebla que lo convertían todo en un paisaje fantasmal. Llegó a perder de vista al can, pero por entre las brumas divisó algo sin duda curioso.

Una especie de taberna, construida con madera y piedra, alzada en mitad de ninguna parte.

El perro los esperaba tumbado junto a la entrada. Alphabet bajó de la mula, la ató para que no escapara si el animal volvía a ladrar, y entró en la taberna. Detrás del mostrador no encontró lo que habría sido más habitual: un tabernero. Pero en una de las mesas sí vio una presencia humana.

Concretamente, tres hombres.

Silenciosos.

Uno miraba un cuadro de la pared. Otro, por la ventana. El tercero lo miraba a él.

Alphabet se acercó a ellos. El que miraba el cuadro de la pared ni se apercibió de su presencia, tan absorto estaba en la imagen. El que miraba por la ventana, lo mismo. Y el que lo miraba a él... ni se alteró, ni apartó la vista, ni lo siguió con los ojos, cuando se detuvo en su presencia.

—Disculpen, señores... —habló el herrero.

Ahora sí, el que miraba por la ventana volvió el rostro. Y el que lo miraba a él ladeó la cabeza orientándose para buscarlo, porque entonces se dio cuenta Alphabet de que aquellas pupilas estaban muertas. El que miraba el cuadro ni se movió.

Asombroso.

—¿Quién eres? —preguntó el ciego.

—Un caminante.

—Sé bienvenido. —El hombre golpeó entonces con un codo a su vecino y dijo—: Es un caminante.

A lo cual el segundo hombre, molesto, asintió haciendo un gesto muy expresivo mientras le devolvía el golpe.

—Dice que es mudo, pero no sordo. —El ciego se echó a reír.

El hombre mudo tocó en el hombro al tercero, el que miraba el cuadro.

—¿Eh? —rezongó éste llevándose una mano a la oreja.

Y el ciego volvió a reír.

—¡Él sí es sordo! —dijo.

Alphabet los contempló a los tres. Se le antojó la más extraña colección de calamidades reunidas en torno a una mesa, y no por sus respectivas desgracias, sino porque las compartían de alguna forma, eso se notaba.

—¿Quién es ese? —preguntó el sordo a gritos.

—¡Un caminante! —respondió el ciego.

—¿Qué?

El mudo mojó un dedo en el vaso que tenía delante y lo escribió en la mesa.

—¿Un caminante? —leyó el sordo—. ¿Y qué se le ha perdido por aquí?

—¿Qué se te ha perdido por aquí? —repitió el ciego.

—Busco las cosas importantes de la vida.

—¿Qué dice? —gritó el sordo.

A lo cual el mudo respondió con un empujón, pues el que iba a quedarse sordo pronto iba a ser él como su compañero se empeñara en gritarle.

—Aquí no encontrarás nada, forastero. Este lugar es el cuarto oscuro del mundo —dijo el ciego con tristeza—. A veces no me importa haber perdido la vista. Y tampoco hay mucho que contar… —volvió la cabeza hacia su amigo mudo sabiendo que estaba allí—, ni mucho que escuchar. —Extendió una mano para tocar a su amigo sordo—. Pero todos pertenecemos al lugar en que nacemos, así que supongo que está bien. Yo no siempre fui ciego, ni él siempre mudo, ni él siempre sordo. La vida va y viene, ¿no te parece?

—¿Qué os sucedió? —Alphabet se sentó frente a ellos.

—Un día íbamos los tres de caza —empezó a narrar el ciego—. Siempre estábamos juntos, desde que nacimos, pues nuestras respectivas madres nos parieron el mismo día. En un momento dado, Sluff —señaló al mudo, pues, aun sin verlo, sabía que seguía allí— disparó su escopeta con tan mala fortuna que la bala rebotó en una piedra y me alcanzó en los ojos. Yo quedé herido, y al caer al suelo mi propia escopeta se me disparó. Como Flish —señaló en dirección al sordo— se estaba agachando en ese instante para socorrerme, el trueno del arma estalló junto a su oído y le arrebató el don de poder oír como a mí acababa de arrebatarme el de la vista. Pero no solo fue eso lo que sucedió, pues la bala de mi propia arma penetró por la garganta de Sluff y lo dejó sin habla. Así sucedió, caminante. Así fue como los tres encadenamos nuestro destino al mismo tiempo. ¿No te parece la más asombrosa historia que jamás hayas escuchado?

Alphabet podía jurar que así era.

Miró a los tres hombres.

Y reconoció en ellos tres dones maravillosos de la vida cuyos símbolos tendrían que reportarle tres nuevas formas que modelar.

—¿Puedo acompañaros y beber con vosotros? —preguntó.

—¡Sea! —se alegró el ciego.

El mudo asintió con la cabeza.

—¿Qué dice? —volvió a gritar el sordo.

Aquella fue para Alphabet una de las mejores jornadas de su periplo. Los tres hombres le contaron no pocas historias, incluso el mudo, por señas, y por supuesto el sordo, a gritos. Bebió con ellos, rió con ellos y evocó con ellos las nostalgias del pasado junto con las incertidumbres del futuro, mecidas por la realidad de un presente que es siempre el vértice de ambas. Al anochecer durmió en la parte de atrás de la taberna, con una extraña sensación, mezcla de paz y ternura. Sabía que había aprendido algo de los tres hombres, aunque no sabía muy bien qué podía ser.

No era tan listo como para eso.

Por la mañana, antes de marcharse de allí, con la primera luz del alba, dibujó en la tierra aquello que simbolizaba lo más importante perdido por cada uno de sus nuevos amigos: un ojo, una boca, una oreja.

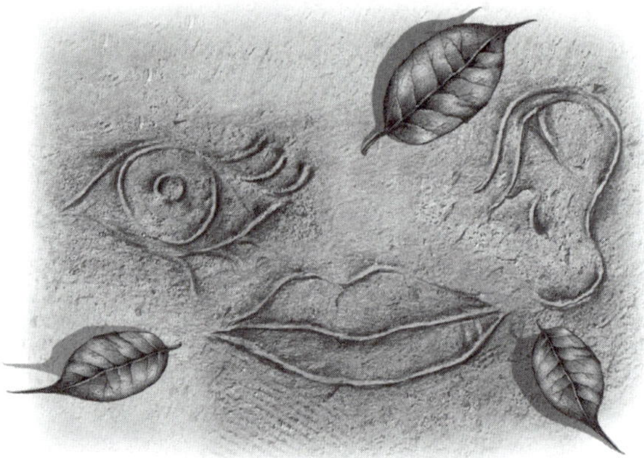

Después los convirtió en un bosquejo mucho más sencillo.

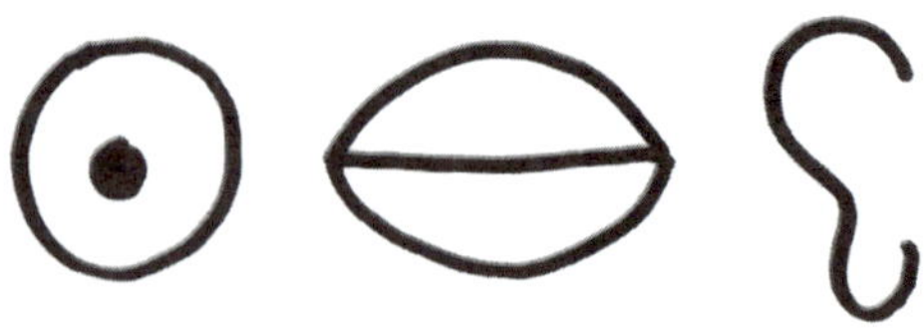

Y aún los simplificó más.

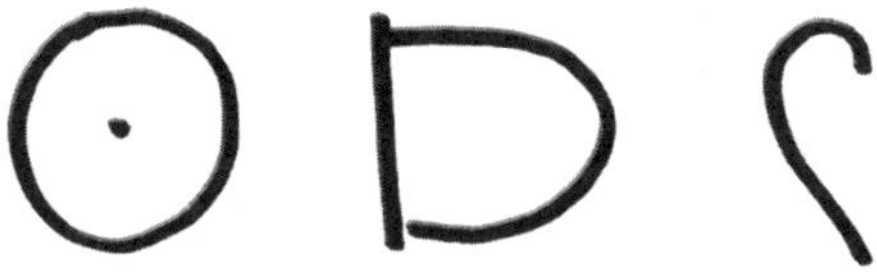

Hasta que, finalmente, encontró los trazos que buscaba.

—Tú, mi redonda amiga, serás O —dijo Alphabet—. Y tú, mi egregia figura, P. Y por último tú, mi sinuosa y elegante doble curva, serás aquello que represente a la voz S.

Con sus tres nuevas formas moldeadas y guardadas en el zurrón, sin dejar de pensar en sus nuevos tres amigos de la taberna, prosiguió el herrero su camino una vez más.

CAPÍTULO 18
La historia de la V y la W

Cuando Alphabet salió de las tierras brumosas en torno al río, se encontró frente a unas altas montañas que se interponían entre él y su destino. Si regresaba, nunca sabría qué podía haber allí. Si continuaba, debería atravesarlas, conocer nuevos mundos y nuevas gentes. Por supuesto, en eso consistía su misión, así que no tuvo la menor duda al respecto. Llevaba en su zurrón exactamente la mitad de las formas requeridas por su rey.

Todavía le quedaba mucho por hacer.

Demasiado.

No quiso pensar en ello. A lomos de Acento, prefería recordar a las personas que había cono-cido y las enseñanzas que había recibido de ellas, directa o indirectamente. A veces se sentía pleno. Otras, todavía vacío, falto de aquello que perseguía y que tan de tarde en tarde encontraba. ¿Y si no conseguía todas las formas? ¿Y si…?

—Ah, Acento, la duda es aquello que nos hace inseguros, pero también más y más humanos, pues nos muestra nuestras imperfecciones, así como la pequeñez y fragilidad que nos dominan.

La mula pareció darle la razón soltando un rebuzno.

—Nos cuestionamos cuanto hacemos, cuanto somos, lo que perseguimos, los motivos, y más aún lo hacemos al encontrarlo, porque es entonces cuando, a veces, nos damos cuenta de que no era tan importante y reflexionamos acerca de aquello que en su momento nos empujó a buscarlo.

Bueno, lo que él buscaba sí era importante.

Todo Anihabarad le aguardaba.

—Vamos, Acento, vamos —apremió a la mula.

Y no por ello el animal subió más de prisa la primera de las montañas, pero el ánimo sí volvió a prender en el pecho de Alphabet, que coronó la cumbre entonando una canción que su madre le había enseñado en la infancia. Una canción que hablaba de no llegar a ninguna parte, lo cual no quitaba que fuera necesario avanzar siempre. Sin descanso.

Sube, niño de plata, sube,
que al llegar a la cima
verás el camino que has de bajar
para volver a subir.
Baja, niño de plata, baja,
que al llegar al valle
verás el camino que has de subir
para volver a bajar.

Y a causa de la canción, y del nuevo rebuzno de Acento, de la cumbre salieron volando decenas, cientos de pájaros, en una enorme bandada que cubrió el cielo igual que una nube negra.

—¡Oh, vaya, los has asustado! —se oyó la protesta de una voz infantil.

Era una niña, una niña pequeña. Pequeña en todos los sentidos, de edad y de tamaño. Desde encima de Acento semejaba una seta, pues llevaba un divertido sombrerito alado y redondo, de color rojo, atado con una cinta por debajo de la barbilla. El vestido le caía suelto hasta el suelo. Era extremadamente pecosa, de forma que no se sabía si su cara era blanca tachonada de pecas rojizas o roja tachonada de pecas blanquísimas.

Estaba enfadada, muy enfadada.

—Yo no los he asustado —se defendió Alphabet, recordando al niño de la ribera.

—Sí, sí lo has hecho. Ahora puede que se vayan a otra montaña, o que tarden en volver, y si no construyen aquí sus nidos… Oh, ¿quién eres tú?

—Nadie.

—Todo el mundo es alguien —dijo la niña.

—Me refería a que no soy nadie importante. Solo pasaba por aquí.

—Mi padre dice que todas las personas son importantes. —Lo miró con el cejo fruncido, porque el sol le daba de lleno en la cara—. Y también dice que todas van a alguna parte cuando pasan por un lugar, porque de lo contrario no se moverían de sus casas. ¿Adónde vas tú?

—Recorro el mundo.

—¿Por qué?

—Busco cosas.

—¿Qué clase de cosas?

—Quiero conocer aquello que más ama la gente, aquello que es importante para ellos.

—Eres raro.

—No, no soy raro. ¿Tú vives aquí?

—Cerca. Mi padre es trampero. ¿Quieres venir a nuestra cabaña?

—Tal vez los moleste.

—Oh, no, para nada. Pasamos tanto tiempo solos que la presencia de alguien como tú los llenará de felicidad, te lo aseguro.

—Entonces me gustaría —aceptó él.

Los pájaros volvían poco a poco a la cumbre. Los primeros se posaban ya en ella con las alas extendidas. Los que aún dudaban los observaban desde el aire. El miedo de la niña desapareció al recuperar la montaña su aspecto poblado de aves.

—Un día volaré —aseguró ella—. Es lo más hermoso del mundo.

—¿Y para qué quieres volar?

—Para ser libre como los pájaros.

—Los pájaros tampoco están libres de las cadenas del cielo.

Ella se lo quedó mirando sin comprenderlo.

—¿Ves como eres raro? Espero que por lo menos seas una buena persona.

—Creo que lo soy —sonrió él—. Y pronto tendré un hijo o una hija como tú.

Aquel rostro de un millón de pecas titiló feliz y se expandió en una gran sonrisa. Alphabet tendió las manos hacia ella y la subió a lomos de Acento.

—Tú guías —le dijo a la niña.

Y mientras abandonaba aquella cumbre, recuperada por la bandada de pájaros, Alphabet sonrió lleno de amor, pues otros dos signos acababan de cobrar forma en su mente, de la manera más inesperada, gracias a una niña que en lo alto de una montaña soñaba con una libertad que posiblemente ya tenía, pero que aún no había aprendido a valorar. Dos signos que haría después, cuando se fuera de allí, tras conocer a los padres de su nueva amiga. Dos signos tan simples como un pájaro en tierra o un pájaro volando y agitando las alas a gran velocidad:

A partir de lo cual más tarde forjaría las formas:

—La V y la W —suspiró Alphabet.

—¿Qué? —La niña volvió la cabeza.

—Nada, cosas mías —dijo el herrero—. ¿Cómo te llamas?

—Coma, y mi hermano, Punto —respondió ella, feliz.

CAPÍTULO 19
La historia de la Y

Alphabet se quedó en la montaña, con la familia de Coma, toda una semana. Posiblemente, la mejor semana de cuantas había vivido desde su salida de Anihabarad, junto con los días en el oasis del desierto. Era tal la felicidad, la paz, el amor y el sosiego de aquel lugar y aquellas gentes que solo la necesidad de partir a la búsqueda de los signos que le faltaban y la ansiedad por regresar pronto a casa, para ver a su esposa y a su primer descendiente, lo empujaron a tomar la decisión de reemprender el camino. Coma era la niña más vivaracha y hermosa del mundo, y su hermano Punto, un muchacho avezado, comunicativo y lleno de energía. Sus padres, tramperos de las altas cumbres, de vida solitaria pero muy afectiva, le concedieron el don de la amistad y la compañía. Con ellos compartió también por primera vez los secretos de su misión y la historia de su pueblo, especialmente desde el día en que las voces habían vuelto a poblar el aire con sus cantos. Cuando les mostró los signos ya forjados en hierro, cosa que no había hecho con nadie, se maravillaron ante su liviana belleza. La familia de Punto y Coma hablaba, pero no conocía otra forma de comunicación.

—Algún día, cuando regreses, nosotros también aprenderemos —le dijo el cabeza de familia—. Y si no lo haces, sé que estos símbolos tan bellos habrán de llegar hasta nosotros, como el viento llega a todos los rincones del mundo.

La mañana de la partida, hubo lágrimas. Pero, tras ellas, Alphabet volvió a mirar al frente.

Tenía muchas montañas que salvar y no pocas historias que conocer.

Durante dos semanas, las montañas se sucedieron una tras otra. Cada vez que llegaba a una cumbre, otra más se alzaba frente a él. Cada vez que salvaba un paso o un desfiladero, otro más se abría en la distancia. Cada vez que olvidaba un frío, otra nieve cubría las firmes patas de Acento. Y cada una de aquellas montañas era más alta que la anterior. Se parecían a las de la cordillera de Isad, así que el recuerdo y la nostalgia de su casa se hicieron más presentes.

Una noche contó el tiempo que había transcurrido desde su partida, sintió una punzada, se balanceó junto al vértigo de su corazón y descubrió que Abecedaria habría dado a luz uno de aquellos días. Quizá el anterior, tal vez el siguiente. O, a lo mejor, en aquel mismo instante.

Y él, tan lejos.

—Oh, Abecedaria, te quiero —musitó con ternura.

Acento levantó las orejas, como si le hablara a ella.

Tenía un hijo o una hija.

Era padre.

¿Había algo mejor en una existencia?

En la tarde del siguiente día llegó a la montaña más alta de todas. Lo supo porque el día era muy claro y se veía una gran parte del mundo que lo rodeaba. Podía tocar el cielo con las manos.

También supo que aquella era la montaña más alta porque en su cima vio clavada una estaca.

Alguien había estado allí.

Cuando se acercó a la estaca, a pocos metros, medio oculto por la nieve, encontró algo más.

El cuerpo helado, momificado, de un ser humano.

Alphabet comprendió al instante la silenciosa magnitud de la tragedia que encerraba aquella escena. Un hombre, un desafiante reto, un premio, la estaca clavada en la cumbre igual que un símbolo, y después... el precio de la vida.

Pensó mucho en ello mientras enterraba el cadáver junto a la estaca, en la cima de la montaña. Y pensó mucho más cuando, mirándo la estaca fijamente, la dibujó en la nieve así:

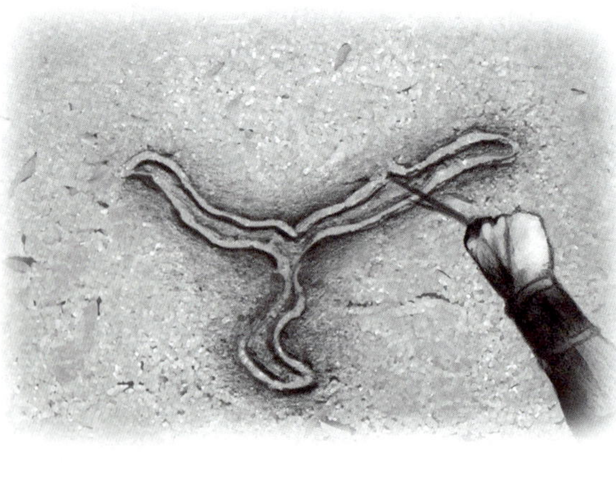

Después no tuvo más que hacer un trazo rudimentario para crear su signo número 17.

—Te llamaré Y —susurró.

Descendió de la cumbre hasta el amparo protector de unas rocas y pasó allí la noche junto a Acento, dándose calor mutuamente. Por la mañana, el descenso los llevó por fin a las tierras más bajas, donde el frío y la nieve quedaron atrás.

Cinco días después, el contraste.

La selva.

CAPÍTULO 20
La historia de la X y la G

La selva era exuberante, frondosa, húmeda, y estaba viva.

Alphabet jamás había visto tal cantidad de animales distintos, algunos de una singularidad extraordinaria y otros de una presencia salvaje y peligrosa, pero todos absolutamente hermosos. Pájaros de plumas tan coloristas que el arco iris sin duda sentiría envidia de ellas. Mamíferos tan increíbles que ni las nubes del cielo habrían podido adoptar su forma. Reptiles tan sinuosos que ningún pensamiento, por sutil que fuese, resistiría su comparación. E incluso peces, en ríos y lagos perdidos aquí y allí, cuya simple visión era capaz de enturbiar los sentidos por su variedad. Los árboles daban tantas clases de frutas, y de sabores tan completos, que todo Anihabarad habría podido vivir allí sin problemas de manutención. Aquello era el Paraíso.

La Tierra de Promisión.

Caminó por aquella selva varios días, perdido, abrumado tanto por su belleza como por el hecho de creer que tal vez no saldría nunca de allí, tal era su densidad. Cuando se subía a un árbol, no veía más que árboles. Cuando navegaba en una balsa hecha de madera por un río, no hacía sino llegar a otro río que a su vez lo conducía a otro más. Cuando gritaba reclamando la presencia de alguien cerca, ni un simple eco devolvía su voz.

Estaba más solo de lo que jamás había estado.

Bueno, lo mismo había creído en el desierto, o en la montaña.

—Otra vez perdidos, Acento —le dijo a su mula.

¿Casualidad?

Acababa de pronunciar aquellas palabras cuando un aroma sacudió su olfato.

Alguien cocinaba cerca.

Se orientó, siguió aquel olor, lo persiguió como si fuera una presa fácil, aunque esquiva, a través de la selva, y finalmente llegó a un calvero de unos cincuenta metros de diámetro situado a la orilla de un río. Justo en el centro del claro había una cabaña construida con ramas y hojas, y en su puerta, una mujer ataviada con plumas de pájaro y dientes de animales que cocinaba algo en un caldero. Estaba de espaldas.

Alphabet no supo qué hacer.

Hasta que ella, todavía de espaldas y sin volver la cabeza, lo llamó.

—Ven, acércate, ¿a qué esperas?

La obedeció preguntándose si tendría ojos en la nuca. Era una mujer de edad indefinida, ya que tanto podía ser una anciana milenaria como una joven tocada por el espíritu de la selva. Su piel era muy negra, sus adornos muy vivos, sus ojos inquietantes. Lo que hervía en el caldero lo mismo podía ser comida que una pócima extravagante de uso extraordinario. Así que intuyó que se trataba de una hechicera.

—¿Quién eres? —preguntó Alphabet.

—Yodia es mi nombre. Pero todos me llaman Interrogación, por mi poder.

—¿Vives aquí?

—Nací aquí —dijo ella—, pero vivo aquí. —Se tocó la frente con el dedo índice de la mano derecha—. Es lo que cuenta.

—¿Sabes cómo puedo salir de esta selva?

—¿Has venido a buscar respuestas y quieres marcharte sin encontrarlas?

—No son respuestas lo que persigo, sino formas de las que aprender y cuya imagen pueda llevarme conmigo.

—Entonces, quédate —lo invitó Yodia—. Esta noche conocerás las más supremas de las formas que persigues, porque ellas lo son todo, comienzo y final.

—¿De qué formas hablas?

La hechicera no respondió. Alphabet se preguntó si debía creerla.

—Tus ojos son dulces —le habló la mujer—, pero tu alma llora quebrada por la nostalgia. Tu orgullo es firme, pero la zozobra que contiene tu estómago lo convierte en ocasiones en simple arena barrida por el viento. Tu empuje es tu coraje, pero también tu debilidad ante la soledad. Dame la mano.

Tendió una mano a la hechicera, pero ella no la leyó, sino que la tomó y la depositó, primero, en su frente, después, sobre su pecho. Al cabo de unos largos segundos, lo miró a los ojos y le sonrió.

—Enhorabuena —le dijo—, has tenido una preciosa niña.

—¿Qué? —Alphabet se quedó pálido.

—No preguntes cómo lo sé, porque yo no sé nada. Tú me lo has dicho todo.

—Eres misteriosa —comentó Alphabet aún boquiabierto.

—Te lo he dicho. Interrogación es mi poder. Todos tenemos interrogantes que resolver y yo puedo verlos en cada cual. ¿Quieres comer?

—Pero...

—Vamos. —Ahora fue ella la que le mostró las palmas de las manos desnudas—. Tu regreso está próximo. Cuando te des cuenta de que vivir el momento es el mayor de los dones de la vida, sin pensar constantemente en el después, ya estarás de vuelta, y entonces querrás recordar cada instante de tu viaje. ¡Come! ¡Hablemos! Estás en la Selva del Origen, el Gran Paraíso. Yo soy Yodia y tú eres Tunoche —exclamó con misterio—. ¡Prepárate, peregrino! ¡Otra interrogación quedará resuelta al llegar la oscuridad!

La hechicera se levantó y los dientes que llevaba prendidos por todo el cuerpo sonaron como una docena de panderetas al entrechocar. Empezó a danzar, y los dientes hicieron música. Y a brincar, y los dientes fueron sinfonía. Y a cantar, y los dientes se avivaron como un gran coro. La selva entera la acompañó entonces, hasta el punto de que Alphabet quedó arrebatado por aquella singular escena en la que el tiempo se detuvo.

Y permaneció quieto hasta que, de pronto, se dio cuenta de que la noche se había desparramado como un manto silencioso por encima de sus cabezas.

Lo que había en el caldero estaba bueno.

Así que era el gran momento predicho por ella.

—¿Qué querías mostrarme? —le preguntó a Yodia.

—Mira el cielo —le pidió la hechicera.

Alzó la cabeza.

No había nubes, ni luna, solo oscuridad y miles, millones de estrellas en el firmamento.

—No veo nada —dijo Alphabet.

—No has de ver lo que ves cada noche, has de sentir lo que solo hoy, aquí y ahora, puedes sentir. Cierra los ojos.

Lo hizo.

—Con fuerza.

Lo hizo.

—Ábrelos otra vez.

Lo hizo.

Y entonces las estrellas le golpearon los sentidos.

Y la nube sutilmente blanquecina que las envolvía, en forma de espiral.

Alphabet lo comprendió.

Estrellas y galaxias.

El infinito.

Llevaba semanas, meses, buscando signos en la tierra, y allí, sobre su cabeza, tenía los del origen.

—Gracias —le dijo a la hechicera.

Se inclinó sobre el suelo, cogió una rama y dibujó el brillo de una estrella y, a su lado, la galaxia que la contenía:

Les dio la delicada forma de la sencillez.

Y las unificó con un último trazo tan simple como esbelto.

—¿Tienes ya lo que buscabas?

—Sí.

Yodia contempló los signos.

—¿Qué son? —le preguntó.

—X y G.

—Eres extraño. —Ella sonrió.

Alphabet sacó su cazo, unas virutas de hierro, las fundió en la lumbre de su anfitriona, les dio forma con la tenacilla y las fijó con el martillo.

—Me has hecho un hermoso regalo —le dijo el herrero—, pero, sobre todo, me has dado la paz con tus palabras acerca de mi hija. Un día, cuando le hable de ti, sabrá que la conocí esta noche, mirando el cielo después de que tú miraras mi espíritu.

La hechicera se echó a reír.

Luego volvió a bailar.

Y aquella fue la más corta noche del viaje de Alphabet.

Y aquella fue la más larga noche del viaje de Alphabet.

CAPÍTULO 21
La historia de la Q

Salió de la selva al cabo de tres días. Yodia, la mañana de su partida, le indicó cuándo pasar de un río a otro, cómo utilizar las corrientes de agua en su provecho, de qué forma guiarse en su ruta a través de aquel manto verde. Trenzó para él un mapa en una corteza de árbol, y luego le dibujó en los ojos el más importante: el del cielo.

Cuando aquella densidad verde y fértil quedó atrás, el río se hizo cadencia; la calma, silencio, y la travesía, placidez. Atravesó llanuras y estepas, nuevas quebradas y valles con bosques de árboles cuyos troncos eran tan gruesos que una familia entera habría podido vivir en su interior. Cada día el paisaje cambiaba. Cada día lo acercaba a un nuevo destino. El río debía llevarlo al mar.

Y Alphabet jamás había visto el mar.

La hechicera se lo había descrito como «la tierra líquida».

Bueno, ¿acaso una selva o un bosque no eran un «mar sólido»?

Un anochecer llevó la barca hasta la orilla. Acento se alegraba cada vez que ponía las cuatro patas en tierra firme, porque no le gustaba lo más mínimo verse rodeada de agua. Y eso que el río ahora formaba una corriente sumamente suave, porque cuando se había agitado, víctima de los rápidos o las turbulencias de su vértigo…

El herrero iba a encender un fuego cuando oyó una voz:

—¡A mí! ¡Ayuda! ¿Alguien puede oírme?

Se levantó y se orientó por el bosque pese a la penumbra. La voz procedía de algún lugar cercano, porque era alta y fuerte. No tardó en volver a oírla, aún más suplicante:

—¡Oh!, ¿quién va a oírme, si estoy solo en estas tierras?

Salió de una frondosa maleza y llegó a un claro. Primero no vio nada, aunque estaba seguro de que la voz procedía de aquel entorno. De pronto reparó en un detalle asombroso: algo o alguien se agitaba columpiándose en el extremo de una cuerda, a unos cinco metros de altura.

—Pero ¿qué…? —exclamó perplejo.

El hombre que colgaba de la cuerda, boca abajo, pues estaba apresado por uno de los tobillos, oyó su exclamación.

—¿Será posible? —Se movió para ver si sus sospechas eran ciertas y, al comprobar que así era, gritó, lleno de alegría—: ¡Oh, buen hombre, por favor…, bájame de aquí y seré tu deudor! ¡Oh, qué fortuna la mía después de tener tan mala suerte!

Alphabet no lo pensó dos veces. Se subió al árbol del cual pendía el hombre y desató la cuerda que lo retenía allá arriba. Despacio, hizo que esta se deslizara hasta el suelo, para evitar que el atrapado se descalabrara con la caída. Mientras lo hacía, se dio cuenta de que aquello no era más que una trampa para cazar animales. Una trampa en la que había caído su nuevo compañero.

Bajó también del árbol una vez concluida su acción, para atenderlo y ayudarlo si fuera menester. El hombre ya se recuperaba, el color volvía a sus mejillas, y los ojos dejaban de darle vueltas en las órbitas tras recuperar su estado natural sobre la faz de la Tierra.

—Gracias, ¡gracias! —El accidentado quiso abrazarlo—. ¡Habría muerto ahí arriba si no apareces, amigo mío! ¡Y yo que creía que estaba solo en esta inmensidad!

—Solo estabas, así es —dijo Alphabet—. Mi presencia aquí no puede ser más fortuita, pues descendía por el río hacia el mar.

—¿Eres un peregrino? ¿Un explorador? ¿Un buscador de tesoros?

—Diría que soy un «aprendedor». —Alphabet sonrió.

—Yo trataba de cazar un unicornio, ¿sabes?

—¿Un unicornio? —vaciló el herrero—. ¿No son éstos unos animales mitológicos cuya existencia jamás ha sido probada?

—Yo creo en su existencia —afirmó el hombre—. Me llamo Kim Erico y, además, soy inventor. Mira. —Se quitó la cuerda que le había aprisionado el pie—. Esto es un lazo, aunque yo lo llamo nudo corredizo.

Alphabet había visto muchos lazos, así que se extrañó de que se lo mostrara como algo extraordinario, pero más aún se sorprendió al ver su rostro. Aquel hombre le estaba diciendo... que él había inventado aquello.

No supo si llamarle loco y corregirle o, por el contrario, mostrar prudencia para que no pareciera que se burlaba de él.

—Es... singular —manifestó.

—¿Verdad que sí? —Kim Erico expandió su orgullo en torno a la gran sonrisa que lo iluminó—. Me aparté del mundo hace muchos años, persiguiendo mis sueños, y desde hace un tiempo vivo en estos bosques, donde me consta que, según las leyendas, vivieron los antiguos unicornios. Ten por seguro que existen, y ten por seguro que, si es así, yo capturaré uno. Tengo toda la vida para hacerlo. Ese es mi destino.

—¿Y si no lo consigues?

—Habré dedicado mi existencia al fin que más me importa, así que habrá tenido sentido igualmente.

Aunque fuese una quimera.

La quimera de Kim Erico.

A Alphabet aquel hombre singular le pareció simpático. Todos los soñadores lo son.

—¿Cómo caíste en tu propia trampa? —le preguntó el herrero, pues era evidente que había sido víctima de su propio lazo.

—Quería comprobar su funcionamiento, y ya ves. —Bajó la cabeza apesadumbrado—. Por poco no lo cuento. ¿Me acompañarás en mi cena?

—Será un placer, pero antes debo ir a por mi mula, que está en la orilla.

Fueron a por Acento, y aquella noche la pasaron los dos hombres hablando. Alphabet, de su misión. Kim Erico, de sus sueños. Al amanecer, el herrero ya sabía algo más acerca de la naturaleza humana. Sabía, por ejemplo, que lo que para unos es absurdo, para otros es el gran reto de su vida; lo que para unos no es más que una trivialidad, para otros puede llegar a ser su mayor orgullo; lo que para unos lo es todo, para otros es nada, y lo que para una persona es esperanza, para otra no supone más que vulgaridad. Cada ser humano se forja el destino que desea encontrar, y hay muchas formas de llegar a él: buscando signos con los que plasmar unas voces hermosas, o persiguiendo unicornios mitológicos con inventos tan peculiares como un simple lazo.

Para Kim Erico, la sencillez de su invento era el motor de su locura, o tal vez se debería decir que su felicidad convertía su sueño en cordura. Todo dependía de quien lo valorara, de si aquel lazo se miraba con los ojos de la humildad o con los de la soberbia.

Como ocurre con todo.

Cuando se despidió de Kim Erico y regresó a su barca, lo primero que hizo Alphabet fue modelar un símbolo más. Dibujó en la arena de la orilla el nudo del solitario cazador de quimeras:

Después no tuvo más que modificarlo un poco...

Y llegó a la forma definitiva, que fue la que modeló en hierro.

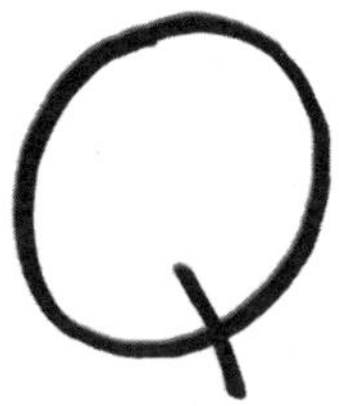

—Q —dijo Alphabet.

Empujó a Acento para que entrara en la barca, venció su resistencia y sus rebuznos, y reanudó la parte más cómoda de su ya largo viaje.

CAPÍTULO 22
La historia de la M y la J

El día en que el río desembocó en el mar, Alphabet se quedó estupefacto a causa de la emoción producida por aquella simple belleza. Una línea en el horizonte. Por arriba, el aire, el cielo y las nubes. Por abajo, agua. La mayor cantidad de agua jamás vista. Agua verde y azul, agua oscura o clara, agua que rompía contra los acantilados fragmentándose en millones de gotitas de espuma o que besaba limpia y transparente una orilla de arena blanca. El mar era inmenso, con un horizonte parecido al de las montañas, es decir, inalcanzable, pues, cuanto más se avanzaba, un nuevo horizonte se expandía a lo lejos.

Acento rebuznó, aunque tanto podía ser de impresión como de espanto al ver tanta agua, no fuera que a su amo se le ocurriera meterse allí.

A un lado de la desembocadura del río vio un pueblo de pescadores. Ató la quilla de la barca a un palo dispuesto para tal fin en un pequeño muelle y se internó en él. Era un lugar agradable. Las mujeres cosían redes mientras hablaban y hablaban sin cesar. Los hombres esperaban el anochecer para hacerse a la mar y pescar. Los niños jugaban, todavía ajenos a cuanto no fueran sus ansiedades más elementales. A la hora de la cena, disfrutó del mejor de los pescados capturados aquella jornada y se deleitó con su exquisito sabor. Como en Anihabarad no había mar, tampoco tenían algo tan suculento como aquello. Después, Alphabet miró los peces, las barcas, las redes, y se preguntó si en alguna de aquellas formas podría encontrar uno o más signos que modelar para completar los símbolos que le faltaban.

Dibujó en la arena de la playa aquel pez, aquella barca, aquella red, y no surgió la inspiración.

Hasta que oyó una voz a su lado.

—¿De dónde vienes, extranjero?

Volvió la cabeza y se encontró con una mujer joven que llevaba a una niña en brazos. Por un momento, la evocación de Abecedaria y su niña —pues estaba seguro de que la hechicera había acertado en su predicción— , se agigantó en su mente. Pero solo fue una visión fugaz, interior, tan alegre como dolorosa.

—De muy lejos —reconoció. Y en su mirada hubo una gran ternura y un enorme sentimiento al detenerse en la niña.

—¿Quieres sostener a mi hija?

—¿Puedo?

—Tu corazón lo desea, ¿y quién puede negarse a la voz de un corazón sincero?

Ella colocó a la pequeña en su regazo. Apenas tendría unas semanas de vida. Lo primero que hizo la niña fue agarrarle de la barba y tirar de ella. Se echó a reír, feliz por el experimento.

—Tengo una esposa como tú y una hija pequeña como ella, a la que aún no he visto ni conozco, pues llevo demasiado tiempo fuera de mi casa.

—Es curioso que digas eso —repuso la mujer mirando el mar con ojos nostálgicos—, pues mi esposo también partió rumbo a lo desconocido, buscando nuevos caladeros en los que pescar, y tampoco él conoce a su hija, que ahora tienes en tus brazos mientras que los suyos aún no la han sentido.

—Somos como dos mitades incompletas, ¿verdad?

La esposa del pescador le dirigió una sonrisa dulce.

—Mi esposo volverá hoy, quizá mañana o pasado, o tal vez la próxima semana o la otra. Y tú harás lo mismo. Entonces estaremos completos, y recordaremos estos días con ternura, pues nuestro amor se habrá reforzado con la distancia.

—Eres inteligente —ponderó Alphabet.

—Soy realista —dijo ella.

La niña se estaba quedando dormida en brazos del herrero.

—Parece que está bien —reconoció él. Y agregó—: ¿Puedo preguntarte algo?

—Adelante. En tus ojos veo que eres una buena persona.

—¿Qué es para ti lo más importante de la vida, además de tu esposo y tu hija?

—El mar —respondió sin pensarlo dos veces—. De él extraemos la vida. Lo es todo para nosotros. «Mem», llamamos al agua. Por eso nuestro pueblo se llama así, Mem. ¿Ves aquello? —Señaló una especie de estatua frente a la embocadura del puerto pesquero—. Representa un garfio, o mejor dicho… Un anzuelo —explicó ella—. Nuestro símbolo.

—¿Por qué un anzuelo y no una barca o una red o una caña de pescar?

—El primer habitante de este pueblo, que llegó como tú de un lugar lejano, quiso agarrar los peces con las manos, y no lo logró. Aún ignoraba cómo fabricar una red, y tenía miedo de lanzarse a la mar, pues no sabía nadar. Tampoco le servía de nada una caña, porque lo esencial era aquello que finalmente descubrió: el anzuelo. Cuando nuestro primer antepasado halló algo tan simple, la vida cambió para él, y después para sus descendientes, nosotros. Por eso amamos el mar, pero el anzuelo es nuestro estandarte.

Alphabet se sintió en paz.

Ella le había dado la respuesta.

—Debo irme —suspiró la mujer—. Se ha hecho tarde.

—Y quizá él vuelva esta noche —aventuró el herrero.

Ya era muy oscuro. El mar se oía pero no se veía. Todo era quietud y silencio.

—Sí, quizá vuelva esta noche —musitó la mujer.

Recogió a su hija y lo miró por última vez.

—Suerte, extranjero —le deseó—. Y regresa pronto a casa.

—Paz y larga vida —le correspondió él.

Se quedó solo.

Entonces, con un dedo, dibujó el mar, las olas que lo formaban, y también un anzuelo.

Cuando hubo acabado, miró ambas formas largo rato. La segunda se le antojaba clara. No así la primera. Dejó que pasaran los minutos, hasta que una ola más lanzada que las demás llegó hasta sus pies y le lamió las plantas con su frescor. También borró lo que acababa de dibujar.

Esta vez simplificó ambos caracteres.

Y acabó sonriendo, pues la luz, como las otras veces, surgió en su ánimo igual que un rayo en mitad de una tormenta, aunque él se mecía en aquella dulce paz.

Así, dibujó:

—Para ti, M —murmuró—. Y para ti, J.

Llegó otra ola, borró los dos signos, pero ya daba igual.

Alphabet volvió a su barca, junto a Acento, y forjó los dos nuevos símbolos antes de echarse a dormir profundamente, tranquilo y relajado.

Tan tranquilo y relajado, y tan profundamente dormido que ni siquiera vio las barcas que, al amanecer, regresaron del mar después de mucho tiempo de ausencia.

Ni a la mujer con la niña en brazos, que salía de su casa corriendo, azorada y radiante, vestida más con amor que con ropas, para recibir a su esposo pescador.

CAPÍTULO 23
La historia de la T y la Z

Aquella mañana vaciló.

¿Qué hacer: recorrer la costa hacia la derecha o recorrerla hacia la izquierda? Ni siquiera sabía dónde estaba, y cuando pensaba en que tendría que desandar todo lo andado para volver a Anihabarad, se estremecía. ¿Por qué no emprendía ya el camino de regreso? Seguro que encontraría los signos que le faltaban en ese nuevo periplo. Eran ya tan pocos…

Miró hacia atrás, en dirección al río por el que había llegado al mar.

Entonces recordó unas palabras de su padre.

—A veces crees que solo tienes dos opciones, y las dos son opuestas. Pero, cuando más enfrascado estás en la decisión, comprendes que siempre hay un tercer camino. Entonces no lo pienses más, y fíate de tu instinto. Síguelo.

El tercer camino.

El mar.

Alphabet no dudó más. Empujó primero a la mula hasta fijar sus cuatro patas en la barca, pese a sus protestas, y después empujó la barca hacia el agua. Cuando ocupó su puesto de piloto, ignorando los rebuznos de Acento, remó en línea recta hacia el horizonte.

Todo el día.

Al anochecer, estaba solo en mitad del mar.

—Dime que no me he equivocado, Acento.

La mula ni se dignó contestarle. Estaba petrificada, aterrada.

Alphabet pasó aquella noche remando, orientándose por las estrellas como le había enseñado la hechicera. Y descansó al día siguiente, meciéndose a la deriva sin rumbo. Repitió su acción los siguientes dos días con sus noches, hasta que el hambre y la sed le recordaron los dramáticos momentos vividos en el desierto.

De nuevo vio la muerte cerca.

Pero esta vez no llegó a perder el conocimiento.

Aquella nueva mañana, una barca muy grande, más barco que barca en realidad, con velas y muchos remos a ambos lados, apareció en el horizonte.

Y no era un espejismo.

Hasta Acento llamó a sus ocupantes a gritos.

No eran pescadores, como había creído en un principio. A medida que se acercaban a él pudo ver los feroces rostros de aquellos hombres, sus armas, espadas y lanzas, sus escudos, sus enseñas, banderas y estandartes guerreros. Para Alphabet, que rechazaba toda violencia, aquello fue como una bofetada en el corazón de su optimismo y su buen espíritu.

Había otros mundos.

Y estaban juntos en la misma vida.

Los rescataron del mar a él y a su mula, pero no con fines caritativos ni con palabras de ánimo. Muy al contrario.

—¡Parece fuerte, éste va a proporcionarnos un buen dinero!

—¿Eres rico? ¿Alguien pagará un rescate por ti?

—¡Fijaos en esta mula! ¡O nos la comemos o la atamos a la noria de agua para que dé vueltas el resto de sus días!

—¿Qué llevas en esos zurrones?

—¿Eres un brujo? ¡Qué extraños artilugios! ¿Qué cosas malditas representan y a qué dan vida estos hierros?

Le arrancaron sus posesiones, sus herramientas, los símbolos forjados en su viaje, sin reconocer en ellos ninguna belleza, porque sus corazones eran negros como la noche y no podían sentir el halo mágico de lo hermoso, y no volvió a verlos en la larga travesía que siguió.

Hablaban todos al mismo tiempo, reían todos al mismo tiempo, gritaban todos al mismo tiempo, bebían todos al mismo tiempo y sin cesar, y eran muy feroces. Aquella noche, borrachos como cubas, se pelearon como bestias. Por la mañana apenas quedaba en pie el piloto conduciendo la nave hacia…, ¿hacia dónde?

Alphabet se sabía ya irremisiblemente perdido.

Nunca regresaría a Anihabarad.

A pesar de ello, se juró, como última prueba de su alma y de su voluntad, completar los signos pedidos por el rey Shafed. A fin de cuentas, los que había hecho pervivían en su mente, y se esforzaría por crear los otros fuera como fuera. Se lo prometió a sí mismo.

—¿Por qué existe el mal, Acento?

La mula le dio la espalda.

Y siguió mostrándole su enfado en las jornadas siguientes.

Días después, llegaron a una isla. Un pedazo de tierra agreste y salvaje en mitad del mar. Los sacaron de la mazmorra en la que habían permanecido a pan y agua, los desembarcaron y los exhibieron en la plaza del poblado, si se lo podía llamar así, para escarnio de cuantos se congregaron allí. Era un lugar sucio, caótico, sin ley ni orden, lleno de hombres sucios, caóticos, sin ley ni orden. Cuando lo condujeron a presencia del jefe de aquella banda de indeseables —un repugnante individuo al que le faltaba un ojo y que tenía una pata de palo—, este se echó a reír como un loco, igual que si hubiese visto algo realmente divertido.

—¿Quién eres tú? ¿Adónde vas con ese adefesio de mula?

Uno de sus acólitos le tendió los dos zurrones.

—Llevaba esto encima, Brajasdrum —dijo.

El cabecilla del grupo miró los símbolos forjados por Alphabet.

—¿Qué extrañas y diabólicas formas son estas? —Se puso serio.

—Soy herrero —habló él.

—Entonces ¡trabajarás haciendo cadenas! —exclamó con una risotada Brajasdrum—. ¡Y también forjarás nuestras espadas victoriosas y nuestros estandartes gloriosos!

El jefe de la isla tenía a un lado una espada clavada en tierra y al otro un estandarte igualmente hundido por la punta en el suelo, y que representaba de alguna forma su identidad, su sello, su propia bandera. Los cogió, uno con cada mano, y los alzó por encima de su cabeza mientras el resto lo vitoreaba y jaleaba.

Un estandarte y una espada.

El poder y la violencia.

Ya no hubo más. Lo llevaron a una cabaña que ni cerraron con llave y lo arrojaron al suelo. Alphabet trató de mantener la calma y no pensar en nada. Seguía vivo, y mientras un soplo de vida alentase en su alma habría alguna esperanza.

Aquella noche, los piratas del mar volvieron a beber hasta emborracharse, y en esa ocasión no quedó siquiera uno sobrio, pues no hacía falta piloto que gobernara nave alguna. Cuando Alphabet se dio cuenta de ello, supo que su oportunidad había llegado antes de lo que hubiese podido soñar. Salió de su encierro a hurtadillas, sin hacer ruido, aunque ni una tormenta habría despertado a aquellos engendros, e hizo tres cosas antes de echarse a la mar de nuevo.

La primera, salvar a Acento, atada a una noria en la que se la condenaba a dar vueltas sin fin. La segunda, recuperar sus zurrones, aunque eso fue lo más difícil. Tuvo que entrar en la cabaña de Brajasdrum y arrancárselos de entre los dedos, pues el muy loco roncaba borracho y dormido, con los zurrones colgando de su corpachón. Por suerte, el alcohol se había apoderado de sus reflejos más elementales. La tercera fue practicar un agujero en todos los botes y barcos anclados en la pequeña dársena de la isla excepto en uno, el escogido para la huida.

Después, en aquel hermoso navío equipado con una elegante vela, se marchó de aquella isla cuyo nombre ni siquiera había llegado a conocer.

Al día siguiente, en alta mar, meditó mucho sobre lo sucedido y sobre la idea que rondaba por su cerebro.

¿Valía la pena representar el mal? ¿Era una espada o un estandarte bélico lo que simbolizaba ese mal? ¿Acaso no estaba este en la mano del que los empuñaba, más que en los propios estandartes o espada? ¿Y acaso no estaba el mal todavía mucho más en la mente y en las ideas de quienes necesitaban estandartes y espadas para imponer su voluntad? Igual que había forjado un signo a partir de una puerta cerrada o una mano amputada que antes prodigó una caricia, ¿por qué no hacerlo inspirándose en aquello que convertía al ser humano en el menos humano de los seres?

No había bien sin mal ni mal sin bien, así que no podía ignorar algo tan elemental ni prescindir de aquellas dos formas.

Alphabet dibujó un estandarte y una espada sobre la madera del barco con un dedo mojado en agua. ¡Se parecían tanto y, sin embargo, eran tan distintos!

Los estandartes, las banderas, no eran más que falsos iconos bajo los que los pueblos se refugiaban, a veces con violencia, a veces con desprecio, a veces con soberbia. Una bandera siempre debía representar el alma y los colores de unas gentes, no su fuerza. Debía simbolizar su luz, no su oscuridad intolerante. Una bandera era un poema escrito en tela, no un sudario con el que envolver ningún muerto. Los hombres debían nacer libres, desnudos de cuerpo y espíritu, y marcharse desnudos al Más Allá sin ser mejores o peores que al nacer solo por el hecho de haber vivido bajo tal o cual bandera. Las manos que sostenían las banderas con cantos de poder y de gloria eran las mismas que después trazaban fronteras. Y cuantas más banderas ondeaban en ellas, menos capaz era de verse el amor al otro lado y sí la propia soberbia y orgullo desmedidos. Los estandartes separaban, aislaban.

Y las espadas eran su brazo esclavo.

Alphabet sintetizó las dos formas en sendas nuevas figuras.

Ya no parecían aquel estandarte ni aquella espada.

Hizo dos nuevos dibujos en la madera del barco, con un simple trazo de su dedo mojado en agua.

Y aún los perfeccionó más.

Hasta que dejaron de ser lo que fueron y se convirtieron en signos, tan dulces y bellos como todos los anteriores.

—T y Z —sonrió feliz.

Sí, el bien y el mal podían llegar a mezclarse y confundirse, pero la esencia, la simple verdad, dependía de la capacidad de cada cual para interpretarlos.

Tenía 24 signos.

Y estaba perdido en algún lugar del ancho mundo.

CAPÍTULO 24
La historia de la L y la LL

No pasó hambre ni sed en aquel velero veloz y majestuoso. Navegó surcando unas aguas quietas y meditó mucho acerca de su experiencia, ahora que parecía tocar a su fin. Sabía que en muy poco tiempo más completaría los signos que había ido a buscar. Después…

La palabra «casa» se le antojaba un lugar tan distante como la Tierra debía de estarlo de la Luna o el Sol.

—Ah, Acento, hemos sido sin duda afortunados por la experiencia que hemos vivido, pero también hemos descubierto que en esta vida todo tiene un precio, y el nuestro ha sido muy alto, ¿verdad?

La mula no hacía más que pasear por la cubierta del bajel, buscando una tierra que parecía esconderse de ellos.

—Puede que seas la mula más viajera del mundo, ¿sabes?

Por si acaso, Alphabet no se colocaba detrás de ella.

Una vez, de una coz, había enviado a un paje del rey a muchos metros de distancia, con las marcas de sus patas bien impresas en sus doloridas posaderas.

Le faltaban cuatro sonidos. Pero nada, en el barco o en el mar, despertó su imaginación.

Una tarde, Acento rebuznó.

—¿Qué quieres ahora?

La mula rebuznó una segunda vez, y se movió inquieta por el barco. Los golpes de sus patas sonaron igual que un repiqueteo ansioso.

El herrero levantó la cabeza.

Vio el perfil de la tierra a lo lejos, coincidiendo con el tercer rebuzno de su compañera de viaje.

—Oh, oh… ¡Oh! — Alphabet empezó a temblar.

Puso proa a tierra, primero temiendo que fuese otra isla, y después, que hubiese vuelto al punto de partida, pero a medida que se fue acercando pudo ver que se trataba de un paisaje desconocido para él. Un nuevo mundo por el que volver a orientarse y, tal vez, regresar a casa, completada la búsqueda de los cuatro signos que le faltaban.

La oscuridad de la noche lo cubrió, pero allá a lo lejos, unos puntos luminosos le mostraron el camino y le revelaron la presencia de humanos en aquellas costas. Al día siguiente, en unas pocas horas, el barco se adentró en una ensenada de aguas plácidas y pusieron por fin pie en tierra. Los hombres y las mujeres de un pueblo cercano, que ya lo habían avistado, lo esperaban complacidos por su visita, sin temor. También eran pescadores, como sus vecinos del otro lado del mar. Cuando Alphabet les dijo que les regalaba el velero, quisieron cubrirlo de dones y parabienes, pero de pronto, puesto que volvía a estar en el mundo en el cual solo dependía de sí mismo y de sus pasos, al herrero le entraron todas las prisas humanas.

Volvía a renacer.

Así que partió de inmediato a lomos de Acento, que, con tal de alejarse del mar, habría corrido como un pura sangre de habérselo propuesto.

Una semana después ya no quedaba ni rastro del mar. Alphabet caminaba por valles hermoseados por la calma y veía a lo lejos unas nubes cerradas que presagiaban la presencia de otras nuevas y altas montañas.

Aquel mismo día oyó los cantos.

Antes de toparse con los piratas no tenía miedo, era confiado, cada ser humano era su hermano. Ahora, sin embargo, conocía la maldad. La había visto con sus propios ojos y se había sentido tocado por ella. No le gustó aquel sentimiento de desconfianza, ni la zozobra que lo hería con su recelo, pero ya no era el mismo. Para bien y para mal. Así que se movió despacio, buscando el origen de aquellos cantos.

—No pueden ser gentes perversas si la música es tan dulce, ¿verdad, Acento?

La mula incluso pareció sonreírle.

Superados los últimos matorrales, Alphabet se encontró con unos campesinos que araban un campo. Eran casi un centenar, un pueblo entero. Y, tirando de los arados, había nada más y nada menos que una docena de mulas. Acento salió disparada, dando saltos. Eran los primeros iguales que veía desde hacía tantos meses…

Alphabet tuvo que salir tras ella, y los labradores, una vez recuperados de su sorpresa, pues por allí apenas debían de ver extraños, acabaron rodeándolos con la boca y los ojos llenos de preguntas. El herrero era mucho más alto que ellos, así que no pudo ignorarlos y pasar de largo. Lo invitaron a compartir su mesa aquella noche, y así se conocieron mejor. Tal como había esperado, le dijeron que por aquellos parajes no había otros pueblos, aunque cerca de las montañas sí habitaban otras razas.

Las montañas de las nubes perpetuas.

Nadie sabía qué había al otro lado.

Acento pasó la noche más feliz de los últimos meses, en una cuadra con sus compañeras, y Alphabet durmió de forma plácida hasta que un sueño lo hizo despertar, abrir los ojos, sonreír y volver a dormirse de inmediato. Al amanecer se levantó y entró en el gran cobertizo donde el pueblo guardaba sus aperos de labranza.

Se agachó y cogió un arado.

Un simple, tosco y rudimentario arado.

—No hace mucho labrábamos la tierra con nuestras manos —dijo una voz.

Se volvió. Era Safrania, la jefa del poblado.

—¿Quién os trajo esto? —preguntó él.

—Lo descubrimos por accidente, ¡y bendito sea ese accidente! —soltó con una orgullosa sonrisa la mujer—. Mi hijo Guión, que es una tempestad con patas, como pudiste ver y comprobar anoche, encontró un día una piedra con la forma de ese arado. Comenzó a jugar con ella, gritando y fingiendo ser un gigante con un sol en las manos. Entonces dijo que un gigante con un sol necesitaba un carruaje, y tuvo la inaudita ocurrencia de atar una tabla de madera a la cabeza de una de nuestras mulas. Se colocó encima de la tabla y ordenó al animal que echara a andar. Pero, por la razón que fuese, la mula se asustó y comenzó a correr. Guión cayó sobre la tabla y, para frenar en lo posible el avance de la mula, hundió la piedra en la tierra, lo cual no sirvió de nada. La mula continuó su carrera, arrastrando la tabla y a Guión encima de ella. Pero la piedra introducida en la tierra abrió un surco tan y tan largo a través del campo que, cuando lo vimos, comprendimos que el azar había puesto en nuestra vida un utensilio maravilloso. Aquel día marcó nuestro destino. Ya ves pues, caminante, lo sorprendente que es a veces la existencia.

Alphabet lo sabía.

Cuando se marchó, una hora después, venciendo la reticencia de aquellas gentes, que querían que se quedara más tiempo, y la de Acento, que no quería abandonar a sus compañeras, no tardó en detenerse.

Aquel arado, como el anzuelo de los pescadores, representaba un gran salto en el desarrollo de la humanidad. Y si uno era un salto, dos representaban el progreso total.

Los dibujó en la tierra.

Los esquematizó de un trazo.

Y los acabó con la misma simpleza que todos los signos anteriores.

Le quedaban cuatro voces, pero comprendió al momento cuáles debían ser aquellas dos.

—L y LL —las bautizó.

CAPÍTULO 25
La historia de la E

A medida que se fue acercando a las montañas cubiertas por las nubes tuvo ligeros sobresaltos.

Aquellos olores…

El color de la tierra…

Las mismas montañas, aún no vistas pero intuidas bajo la barrera nubosa…

No quiso pensarlo. No quiso imaginar que algo tan fantástico como lo que aleteaba por su cabeza pudiera ser verdad.

—Los sueños son quimeras con alas, ¿verdad, Acento?

La mula seguía enfadada por haber sido apartada de sus compañeras. Llena de orgullo, rehuyó su mirada. Avanzó de la forma más digna en que puede avanzar una mula, máxime teniendo en cuenta que ella era una mula del rey.

Las montañas eran ya más una realidad cercana que una presencia lejana cuando, una mañana, con el sol en el cenit, encontró un camino abierto por la mano del hombre. Un camino que iba desde un pequeño lago hasta los confines de un bosque. Animado por la nueva presencia de algún lugar habitado en su trayecto, Alphabet echó a andar hacia el bosque. Cuando se internó por él, no tardó en vislumbrar algo muy sólido y muy alto enclavado allí en medio, visible a través de las plantas y las ramas de los árboles.

Era una pirámide hecha de piedras, alta y solemne, bella y labrada con esmero, recubierta de pinturas y ofrendas, sobre todo cestos de frutas. Pero mucho más asombroso que ella era el hombre que, a sus pies, elevaba los brazos al cielo entonando una plegaria en forma de exquisito canto. El rostro de aquel ser humano tenía algo puro y diáfano impreso en cada pliegue, como una segunda piel muy suave, y sus ojos eran perlas negras en las que brillaba un enorme amor. Sus manos, abiertas hacia el cielo, eran el equilibrio armónico y perfecto de su figura.

Iba desnudo.

Alphabet no supo si acercarse a él, importunándolo, o esperar a que concluyera aquello que estuviese haciendo. Un rebuzno de Acento evitó mayores disquisiciones. El hombre miró en su dirección.

No se enfadó.

—Bienvenido seas, amigo —proclamó su invitación llena de paz.

Alphabet se aproximó.

—Lamento haberte molestado —dijo con cautela y respeto.

—Tú estás de paso, pero nuestro dios está ahí desde el comienzo de los tiempos, así que, dada su paciencia infinita y su falta de prisa, seguro que nos excusará y bendecirá igual.

El herrero miró la pirámide.

—¿La has hecho tú?

—Mi gente.

—¿Quién es vuestro dios?

—El Creador, el Pan, la Luz, la Fe, el Universo... Tiene muchos nombres, y cada persona en cada rincón de este mundo lo llama de muy distintas formas. ¿Qué más da cómo lo llamemos nosotros o cómo lo llames tú, no crees? Siempre es el mismo y no nos pelearemos por ello.

Le gustó aquel personaje. Y sabía que él le gustaba a su vez. Tenía un dios. Tenía una fuerza espiritual. Pero no quería imponérselo, y el herrero supo apreciarlo.

Cuando las personas comparten, todo es autenticidad.

Cuando se respetan las ideas, los estigmas de la diferencia se desvanecen como las sombras con la salida del sol.

—Me llamo Alphabet, y llevo muchos meses viajando.

—Yo soy He-Vul, y mi gente son los He, Los que Admiran. Sé bien recibido en nuestra casa.

El hombre desnudo juntó las manos e inclinó la cabeza ante la pirámide. Después se apartó ceremonioso para que su invitado abriera la marcha y se colocó a su lado a continuación. Alphabet comenzó a andar seguido por Acento.

—Pareces feliz —le dijo He-Vul.

—Lo soy.

—¿Puedo preguntarte por qué?

—Tengo una misión encomendada por mi rey, y está a punto de terminar —le contó el herrero—. Quiso que partiera para recorrer el mundo y encontrara las formas de nuestro mayor tesoro, y ya solo me falta una, pues, al verte a ti, la número 27 ha sido finalmente hallada.

—Tienes mucho que contarnos, seguro —proclamó su anfitrión.

—Apuesto a que también tú y tus gentes me regalaréis los oídos —manifestó Alphabet.

—¿Cuál es tu destino?

—Mi casa está muy lejos. —Contempló aquellas nubes y aquellas montañas perfiladas tras ellas, y sintió un nuevo estremecimiento, aunque no lo expuso en voz alta. Otra vez los olores, la tierra…—. Puede que mi destino ya no tenga fin, y que yo esté condenado a vagar por la tierra eternamente.

—El mundo es más pequeño de lo que parece. A veces cabe en una mano. —He-Vul extendió su palma abierta frente a él—. Todos volvemos a casa tarde o temprano, por lejos que estemos. Así es la ley de la naturaleza. En ocasiones, incluso, no lo sabemos y estamos en casa. Lo único que necesitamos es abrir los ojos.

—Me gustaría tener vuestra fe.

—Tú tienes tu propia fe en ese zurrón que con tanto mimo proteges —indicó He-Vul.

—Eres perspicaz.

—Eres uno de los nuestros —se limitó a decir el hombre desnudo.

Desnudo como los hombres y las mujeres de su pueblo, con los que Alphabet compartió los días finales de su búsqueda; los días sin duda más inciertos, pues, faltándole ya un solo signo, la realidad del regreso se impuso a su razón como un alud barriendo una alta montaña a su paso implacable.

Aquella primera noche, Alphabet tomó su penúltima viruta de hierro y forjó el signo número 27.

Dibujó a He-Vul.

Lo redujo a una mínima expresión, como siempre.

Hizo un cambio.

Lo simplificó aún más y se levantó para verlo desde otra perspectiva.

Y lo completó así a impulsos de su intuición:

—E.

Vivió con los He aquellos pocos días más, sin dejar de mirar las montañas y las nubes, y sin dejar de estremecerse ante las sensaciones, sin dejar de recuperar los aromas o temblar ante los colores. Porque Anihabarad estaba allí, en todos ellos.

Sensación, olor, color.

La mañana en que las nubes se alzaron, Alphabet se quedó estupefacto.

Aquella era la gran cordillera de Isad, justo por el lado opuesto de por donde había partido él.

Su casa.

CAPÍTULO 26
La historia de la F

Había dado la vuelta al mundo.

Había salido por una puerta y regresaba por la otra. Delante y detrás.

Anihabarad, Abecedaria, su hija.

El rey Shafed.

Quiso partir aquel mismo día, movido por la prisa, acelerado por la ansiedad, devorado por la incertidumbre final. ¡Estaba tan cerca! Y, al mismo tiempo, ¡estaba tan lejos!

—Nadie ha cruzado jamás esas montañas —le dijo He-Vul—. No sabemos qué hay al otro lado.

—Yo sí lo sé. —Alphabet sonrió, feliz—. Si no hay un camino, lo abriré. Pero sé que existe uno. Hace mucho, uno de los hijos del rey tuvo que pasar por aquí.

—¿Te refieres a un joven que no hablaba?

—¡Sí!

—Pasó por aquí, en efecto —le confirmó He-Vul—. No nos dijo quién era, o adónde iba, pues, como te he dicho, no hablaba, pero sé que se llevó nuestro canto. Al escucharlo, su rostro evidenció que era lo más hermoso que jamás había oído.

—¿Cómo es vuestro canto?

Y He-Vul entonó, lleno de armónica musicalidad:

—Eeeeeee.... Eeeee-eeee-eeee...

Para Alphabet, aquella fue la prueba definitiva de que el ciclo se estaba cerrando.

La voz E.

Y él había llamado E al signo forjado la noche de su llegada.

¿Casualidad?

¿Habrían recorrido los hijos e hijas del rey, por separado, los mismos caminos del mundo que había recorrido él?

—Oh, He-Vul. —Alphabet suspiró con la emoción pugnando por salir de sus ojos en forma de lágrimas—. Dijiste que el mundo es más pequeño de lo que parece, y que tal vez quepa en una mano. Yo te digo ahora algo más: que la vida es un ciclo vital donde todo empieza y acaba según un propósito celestial, un perfecto equilibrio. Y también dijiste que todos volvemos a casa, y que en ocasiones estamos ya en ella sin saberlo, pues únicamente necesitamos abrir los ojos. Yo te digo que esta es la casa del ser humano. —Se tocó la frente y el pecho, sobre el corazón—. En ella moramos siempre, estemos donde estemos, acompañados por todo lo que nos hace dignos de respirar el aire de la vida. Siempre estamos en casa, aunque nuestros seres queridos se hallen lejos de nosotros, porque sabemos cómo guardarlos en el arca de la memoria y cómo alimentar ese recuerdo sentándolos a la mesa del alma y el corazón.

—¿Seguro que no eres más que un herrero? —le preguntó He-Vul.

Se abrazaron y se echaron a reír. Tras ello, con una última mirada llena de paz, Alphabet partió rumbo a las montañas.

Durante los días y las semanas siguientes, ascendió y ascendió sin parar, forzando a Acento a una marcha, a veces, brutal. Coronó las primeras cumbres de la cordillera de Isad y, poco a poco, se adentró en las tierras y los valles en cuyo centro se encontraba Anihabarad. Iba tan ciego, tan determinado que ni recordó durante gran parte del camino que todavía le faltaba un signo. Una de las voces todavía no tenía representación. Pero Alphabet, poseído por un empuje fuera de toda medida, quería llegar a su destino.

Tan cerca ya.

Al superar las últimas cumbres, al ver Amud, el pico de la Luna, y contemplar cómo la niebla de aquella mañana se alzaba en el valle permitiendo contemplar el gozoso aspecto de su amada Anihabarad, Alphabet lloró.

Solo entonces se dio cuenta de lo cansado que estaba.

Acento le empujó con el hocico. Ella también había olisqueado la paz.

—Espera, espera —la detuvo—. No puedo regresar a mi casa sin llevarle nada a mi hija, un pequeño regalo.

¿Qué?

Llegó al pie de la montaña y aguzó su ingenio. Tal vez si construyera un juguete... Tal vez si talara unas ramas y fabricara un caballito de madera... Tal vez si le construyera una muñeca con pajas y hierbas...

Tuvo una idea mejor, y sonrió feliz al comprender que era acertada. Había allí unos árboles cuyos pequeños frutos, al secarse, se convertían en cáscaras endurecidas. La semilla de su interior quedaba aprisionada en el hueco y al agitar el fruto sonaba su repiqueteo con intensidad. Un fruto, un repiqueteo. Varios frutos..., un sonajero.

Primero cortó una rama apropiada de un palmo de largo. Después le insertó otras dos, una arriba y otra en la mitad, más corta. Finalmente, ató las semillas en ambas ramitas dejando la parte de abajo libre, para que la mano de su hija pudiera agitarla. Ya tenía el sonajero, y era así:

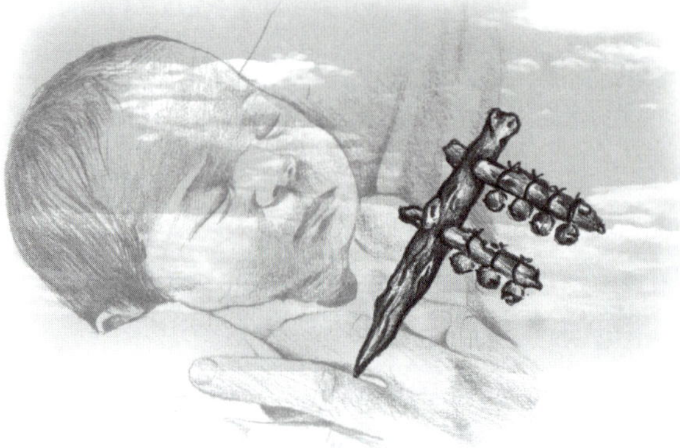

Iba a guardárselo cuando se sintió preocupado.

Su rey le había encargado formas distintas para cada regalo sonoro de sus hijos, y a falta de una, en lugar de tratar de dar con ella, perdía el tiempo construyendo un sonajero para su pequeña hija.

Era un tonto.

Se sintió triste, fracasado.

¿Cuál podía ser la última forma?

¿En qué podía inspirarse, si ya llegaba a casa?

Acento volvió a empujarle por detrás, instándole a seguir. Al hacerlo, Alphabet trastabilló unos pasos.

Agitó el sonajero varias veces, de forma muy rítmica.

¡Fs, fs, fsss…!

Incluso Acento se quedó maravillada por su música. Dejó de empujarle.

Y entonces Alphabet lo comprendió.

La última forma, el último trazo, el signo final. Algo tan simple como el regalo de un niño, que era siempre la luz de su sonrisa.

Tenía el último signo entre las manos.

Se arrodilló y, con el mismo palo del sonajero, dibujó su imagen en el suelo:

—F —suspiró emocionado—. El símbolo final.

Lo forjó en hierro con la última viruta que quedaba en su zurrón. Se guardó los pocos restos, porque no había que tirar nunca nada, y menos aún ensuciar el mundo, y, tras subirse a lomos de Acento, le ordenó radiante:

—¡A casa!

CAPÍTULO 27
De cómo Alphabet dio por concluida su misión entregándole al rey Shafed los signos hechos por él

Alguien lo vio descender de la última montaña.

Alguien lo vio caminar por los senderos del valle.

Alguien lo vio aproximarse a las puertas de la ciudad.

Para cuando Alphabet llegó a ellas, todo Anihabarad estaba en las calles, saludándolo, vitoreándolo, pues sabían que, si estaba allí, era porque había cumplido el encargo del rey.

Alphabet no podía creerlo. Había pensado que, después de tantos meses, ya no se acordarían de él. Había creído que, siendo el más insignificante de los súbditos del rey, su ausencia solo habría sido manifiesta para Abecedaria. Había estado seguro de tantas cosas estúpidas que se sintió como un pobre tonto. Pero un tonto feliz. La sorpresa era ahora aún más maravillosa. El griterío, ensordecedor, le demostraba que Anihabarad seguía siendo un reino vivo, en el que el don de la palabra había seguido creciendo.

—¿Son hermosos? —le preguntaba una mujer.

—¿Podremos escribir con ellos? —estallaba en su ansiedad un niño.

—Tienes luces en los ojos. Has visto el infinito —le decía sonriente una anciana.

Incluso Acento levantaba la cabeza con orgullo.

No fue premeditado. Alphabet tenía que pasar por delante de su propia casa para llegar al palacio del rey. Al divisarla, su corazón empezó a latir con más fuerza. Paso a paso, se acercó a su felicidad final. De pronto vio a Abecedaria en la puerta, y a los vecinos apartándose de su lado para que él pudiera extasiarse en su contemplación.

Abecedaria llevaba a su hija en brazos.

Alphabet echó pie a tierra, empezó a correr, y los dos se abrazaron mientras a su alrededor toda la ciudad prorrumpía en nuevos y encendidos vítores. Aplastada por aquel abrazo, la pequeña se agitó y proclamó su primera independencia:

—¡Gu!

Alphabet la tomó entre las manos.

—Es tu hija —le dijo Abecedaria.

—Sabía que era una niña. Me lo dijo una hechicera.

—¿Te dijo también su nombre?

—No.

—Entonces te lo diré yo. Se llama Letera.

Y el herrero lo pronunció por primera vez.

—Letera.

Le pareció un canto, la palabra más dulce jamás creada.

Besó a su hija, que le tiró en seguida de la barba.

—Ve a ver a nuestro rey —le pidió Abecedaria—, y regresa pronto.

—Tengo mucho que contarte —dijo él.

—Tengo mucho que escuchar —dijo ella.

Le devolvió a la niña con esfuerzo, aunque sabía que ya todo era cuestión de un pequeño lapso de tiempo. Reanudó su marcha, apremiando a Acento, y llegó al palacio real poco después. La corte le esperaba en las escalinatas. Pasó por entre todos ellos, dejándose palmear la espalda y saludar como si fuera un héroe, y, al hacer acto de presencia en la Gran Sala del Trono, hasta el rey Shafed se puso en pie.

Para darle la bienvenida.

—Alphabet. —Lo abrazó.

El herrero se quedó pálido. Pero aquel abrazo fue la mayor de las recompensas. No era el premio de su rey, sino la amistad de un hombre. El mejor regalo posible.

—Majestad…

—Dime, buen camarada, ¿los traes?

—Sí, mi señor.

—¿Puedo verlos?

Alphabet descolgó de su hombro el abultado zurrón de los signos. Toda la corte se apartó dejando espacio, aunque, al mismo tiempo, todos los presentes pugnaban por contemplar de la mejor forma posible lo que el herrero iba a sacar de su zurrón.

Alphabet introdujo una mano y capturó el primer símbolo al azar.

Ni siquiera había pensado en un orden, así que... ¿por qué no el orden en que los fuera extrayendo, sin más?

Sacó el signo.

Y anunció:

—A.

Ninguno de los presentes dejó de abrir la boca, admirado ante aquella simple belleza.

Y así hizo Alphabet con los restantes:

A B C D E F G
H I J K L LL M N
Ñ O P Q R S T U V
W X Y Z

Cuando el último signo, Z, descansó a los pies del rey en medio del atónito silencio de todos los presentes, pues hacía rato que habían dejado de proclamar sus «¡Ohs!» y sus «¡Ahs!» de pasmado asombro, de la bolsa cayeron los restos de las virutas conservadas por Alphabet tras cada forja, y solo entonces, al verlas, vislumbró en ellas una inesperada utilidad.

Todo era útil.

Hasta unos restos inapreciables que otro hubiera tirado.

—Mi rey —dijo el herrero—, cuando construyamos palabras, frases, y las escribamos, según vuestro deseo, nos harán falta otros signos, unos para separar, otros para acomodar, otros para permitir que respiremos, otros para hacer más fuerte una expresión o diferenciarla.

—Inteligente apreciación, Alphabet. —Los ojos del rey titilaron más y más emocionados de lo que ya estaban tras ver los signos forjados por su herrero—. Dime, ¿qué forma es esta?

El rey Shafed sostenía una diminuta viruta que tenía aspecto de cría de rana, cabecita gorda y un rabito.

Sin saber por qué, recordó de pronto a Coma, la niña de las montañas.

Se oyó decir a sí mismo:

—Se llama Coma, señor.

—¿Y este? —El rey sostenía una bolita redonda.

—Punto. —Pensó en el hermano mayor de Coma.

—¿Y este?

Era un simple sesgo, como un rayito diminuto.

—Acento. —Y sonrió, pues no sabía qué pensaría el rey Shafed si supiera que le había dado aquel nombre en honor de una simple mula real.

—¿Y estos?

—Estos dos puntitos que van juntos se llaman… —recordó a la adolescente nómada, cuando estuvo a punto de morir en el desierto—: Diéresis. Y estas diminutas lágrimas, tan vivas… —se le apareció en la mente la anciana que le habló de las casas y las puertas—, Comillas. En cuanto a este símbolo horizontal… —le vino a la cabeza el niño del arado—, Guión. Estos dos arcos son… —el ermitaño de la mano cortada iluminó su recuerdo— Paréntesis. Y estos signos… Los que están tiesos como un palo y tienen esa viruta arriba y abajo, se llaman Exclamación, y los que son curvos se llaman Interrogación. —Lo dijo pensando en el niño de las serpientes de agua y en la hechicera que le anunció que tenía una hija—. En fin…

Estaba rojo como un tomate por aquella forma tan inusual de bautizar los signos con los nombres de algunas de las personas maravillosas que había conocido en su viaje, así que miró a su soberano con inquietud, por si a él se le antojaban raros o excéntricos.

Pero el rostro del monarca era un canto de felicidad plena.

El rey llenó sus pulmones de aire y, entregado, abrazó por segunda vez a su herrero, lleno de entusiasmo. Al separarse, anunció con orgullo:

—Proclamo que, desde el día de hoy, el conjunto de estos signos sea llamado Alfabeto, en honor al hombre que los construyó y los trajo. Y proclamo que el orden natural de los mismos, tal como lo estamos viendo, sea conocido con el nombre de…

Miró a Alphabet, quien dijo, casi sin pensarlo:

—Abecedaria.

Y el rey, cambiando sin darse cuenta la última voz, anunció:

—¡Abecedario!

Quedaba algo más.

Bautizar los signos.

¿Cómo llamarlos?

—Tienes el honor de darles la forma definitiva, amigo mío. Tú los has creado, te pertenecen. Tú deberás darnos la última clave —dijo el rey—: su nombre.

Y Alphabet no tuvo la menor duda.

En homenaje a su hija Letera, dijo:

—Letras.

Y así quedó proclamado.

CAPÍTULO 28
De cómo concluyó la historia del nacimiento de las letras y se convirtió en leyenda

Quiso el rey Shafed otorgar los máximos honores del viejo reino de Anihabarad a su herrero, pero él los rechazó.

Quiso el rey Shafed que Alphabet fuese desde entonces tan hijo suyo como los hijos e hijas que colmaban su casa de felicidad, pero él le pidió seguir siendo lo que siempre había sido, un buen súbdito, leal y honesto, y su herrero, aunque ahora elevado a la mayor y mejor de las categorías: la de amigo.

Quiso el rey Shafed que su historia fuese la primera escrita en Anihabarad.

Y así se hizo.

La primera de las miles, miles, miles de historias que desde entonces han poblado el mundo, llenándolo de belleza, fantasía, amor, intensidad, pasión, verdad, sueños, ilusiones...

Después...

Pasaron los días, las semanas, los meses, los años, los lustros, las décadas, los siglos...

Quedó la leyenda, que es lo que siempre pervive.

Tal vez sucediera así, o tal vez no. ¿Cómo saberlo?

Yo solo he utilizado letras, palabras, para darle forma a la historia según lo que sé, como hizo aquel herrero con los signos de la vida.

Y… el toque de verdad final (o sea, «De cómo nació este libro y qué hay de cierto en él») que te sorprenderá

Esta historia de cómo nacieron nuestras letras es una libre adaptación de la verdad, sumada a una parte de fantasía, otra de inventiva y una más con los debidos ajustes literarios para hacerla encajar en el contexto del relato.

Las 27 letras del alfabeto (son 27, aunque en el libro he querido utilizar la LL y la Ñ diferenciadas, pues Alphabet va a buscar formas para las voces, y la voz LL y la voz Ñ son distintas de la L y la N) tienen un origen desconocido salvo en casos aislados, como la G, que nació exactamente en el año 312 antes de Jesucristo. Nuestro alfabeto tiene unos dos mil años, desde el nacimiento del alfabeto fenicio hasta ya entrada la Edad Media. Los cambios siempre se han producido para adaptar el texto escrito a la expresión hablada. Egipcios, fenicios, griegos y romanos crearon y cambiaron una forma, un trazo, un signo, tal como a grandes rasgos se muestra en el relato cada vez que Alphabet modela una imagen. Esos cambios son, precisamente, los que hicieron unos y otros para adaptar cada signo a su lenguaje, hasta que los dejaron como los conocemos. Y así han llegado hasta nuestro presente. A grandes rasgos, puede decirse que las letras B, D, I, K, M, N, O, P, R y T proceden de los jeroglíficos egipcios. Los fenicios las adoptaron y, a su vez, crearon las letras A, C, E, F, H, L, Q, S y Z. Las letras V, X y la Y son de diseño griego. La G es una variante romana de la C. En la Edad Media se formaron la J y la U en Europa, y la W fue la última en aparecer, en Inglaterra e Irlanda, en el siglo XIII, tras lo cual ya no ha habido nada nuevo salvo las combinaciones CH y LL. Las minúsculas surgieron a modo de alfabeto paralelo y aparecieron entre la caída del Imperio romano y aproximadamente el año 800.

He sido, pues, respetuoso hasta con el origen visual y estético de la mayor parte de las letras: A (de Alef, buey), B (de Bet, casa), C (de Gimel, camello), D (de Dalet, puerta), E (de He, admirar), H (de Het, cerca), I (de Yod, mano), K (de Kat, mano abierta), L (de Lamed, arado), M (de Mem, agua), N (de Nun, serpiente de agua), O (de Oyin, ojo), P (de Pe, boca), Q (de Qof, nudo), R (de Res, cabeza), T (de Tau), Y (de Vau, estaca) y Z (de Zain, espada) mantienen nombre, forma, características y evoluciones tal como cada pueblo, sucesivamente, las fue realizando. Sí, la A salió de la cabeza de un buey, la Q de un simple lazo, la Z de una espada y la B de una casa (aquí también he hecho un pequeño cambio, usando la fachada y no el plano de su planta, como se hizo antiguamente). Fascinante y asombroso, ¿no? Bueno, quizá dentro de 1.000 años esa @ que simboliza la Era de Internet también lo sea para nuestros descendientes galácticos.

Mis aportaciones al relato han sido el origen gráfico, es decir, la procedencia, de las letras G, J y X, por supuesto inventado. Asimismo, la forma Vau (estaca) servía igual para las letras F, U, V, W e Y. Como la he utilizado para la Y, las otras cuatro son también aportaciones personales, producto de mi imaginación. El mayor cambio con relación a la historia verdadera lo he hecho en la letra S (Sin, dientes), ya que preferí utilizar la oreja de una persona para completar el relato del ciego, el sordo y el mudo y no su dentadura. Una licencia de autor.

Doy las gracias al libro *Els rastres de l'alfabet, escriptura i art*, editado por la Fundació La Caixa, que me ayudó con sus textos y la propia evolución gráfica de la forma de cada letra, desde ser la representación de un objeto cotidiano hasta convertirse en lo que es hoy.

ÍNDICE

Autor

Jordi Sierra i Fabra.

Nací en la Tierra en 1947. El lugar es lo de menos, pero por lo visto fue en Barcelona. A los 8 años demostré que una puerta de cristal no era irrompible y empecé a escribir. A los 12 ya hacía volúmenes de 500 páginas, y aún no me he detenido. Mis cuatro únicas aficiones son escuchar música, viajar sin parar, ir al cine y escribir. Vivo más en aviones que en tierra, pero es que el mundo sigue siendo lo más bello y fascinante que tenemos para ver, tocar, sentir... Bienvenidos a él, si todavía no os habéis dado cuenta de vuestra suerte. Y como me gustan tanto las letras y las palabras, he escrito este libro tratando de imaginar cómo nacieron. Si queréis saber más de mí, podéis visitar mi página web www.sierraifabra.com, que es vuestra casa.

Ilustrador

Albert Alforcea

Nació en Figueres, en 1968. Ha combinado la música y el dibujo en su camino artístico. Como músico, destaca su trabajo como líder, cantante y autor del grupo de fusiones musicales Alara Kalama, con el que ha publicado dos discos: *Aigua viva* y *L'essència dels colors*, además de otros trabajos discográficos como percusionista. Como ilustrador ha trabajado en publicidad y ha realizado varias exposiciones como «Desde la oscuridad de las almas» y ha escrito e ilustrado el libro *El sueño azul* (Timun Mas).